智擒大猩猩

[美]威勒德·普赖斯 著

骆行健 译

北京出版集团
北京少年儿童出版社

著作权登记号
图字：01-2010-1121
GORILLA ADVENTURE by WILLARD PRICE
Copyright © WILLARD PRICE, 1969
Willard Price, the Willard Price Logo and Hal and Roger are trade marks of Willard Price Literary Management Ltd, used under licence by Beijing Juvenile & Children's Publishing House Co., Ltd.
This edition arranged with Willard Price Literary Management Ltd through Big Apple Agency, Labuan, Malaysia
Simplified Chinese edition copyright @ 2023 Beijing Juvenile & Children's Publishing House Co., Ltd
All rights reserved.

图书在版编目（CIP）数据

智擒大猩猩 /（美）威勒德·普赖斯著；骆行健译. —2版. —北京：北京少年儿童出版社，2024.1（2025.7重印）
（哈尔罗杰历险记）
书名原文：GORILLA ADVENTRUE
ISBN 978-7-5301-6555-3

Ⅰ.①智… Ⅱ.①威…②骆… Ⅲ.①儿童小说—长篇小说—美国—现代 Ⅳ.①I712.84

中国版本图书馆 CIP 数据核字（2022）第 258050 号

哈尔罗杰历险记
智擒大猩猩
ZHIQIN DAXINGXING

[美]威勒德·普赖斯 著
骆行健 译

*
北 京 出 版 集 团
北京少年儿童出版社 出版
（北京北三环中路6号）
邮政编码：100120

网　址：www.bph.com.cn
北京少年儿童出版社发行
新 华 书 店 经 销
北京同文印刷有限责任公司印刷
*
880毫米×1230毫米　32开本　5.875印张　150千字
2012年1月第1版　2024年1月第2版　2025年7月第3次印刷
ISBN 978-7-5301-6555-3
定价：28.00元
如有印装质量问题，由本社负责调换
质量监督电话：010-58572171

序　言

我们的脑袋是圆的，像个地球仪。而且每个人的脑袋里，可能会想到地球，它的体积有多大？年龄有多大？有哪些有趣的人和事？但对任何人来说，地球都是一个庞然大物，即使倾其一生，也不可能把它跑遍了。怎么办呢？有一个捷径，即看书，这叫作"秀才不出门，便知天下事"。如果你想了解地球上都有些什么新鲜事，特别是大自然中的新鲜事，我建议你看一看"哈尔罗杰历险记"。

威勒德·普赖斯先生出生于1883年，他是个幸运的人，一生中跑了77个国家和地区，包括我们中国，遇到过许多新鲜的人和新鲜的事。他又是一个愿意奉献、不甘寂寞的人，不想把自己的知识和见闻都烂在肚子里，于是便动笔写了一套书，献给全世界的孩子们。于是，在70多年前，就诞生了哈尔·亨特和罗杰·亨特两兄弟的角色。

哈尔和罗杰是约翰·亨特的儿子。约翰·亨特是动物博物学家，几乎跑遍了全球去了解和收集各种各样的珍奇动物。哈尔和罗杰不仅继承了老亨特的基因，而且也继承了爸爸的事业和兴趣。在老亨特的鼓励和安排下，哈尔和罗杰走南闯北，历尽危险和艰辛，从亚马孙丛林到南太平洋小岛，从非洲大陆到格陵兰冰原，从世界上第二大岛新几内亚到地球上最高的山系喜马拉雅山，从正在爆发的火山口到危机四伏的海底世界，足迹延伸到世界各地的各个角落。他们冒着生命危险，勇敢地追逐丛林巨蟒，制服热带巨蜥，巧捕非洲白象，激战北极之王北极熊，深入海底猎奇，大战庞然大物杀人鲸，不仅与凶猛的动物较量，还得与贪婪的人类争斗，常常是弹尽粮绝，走投无路，只能依靠自己的智慧和勇气，才能置之死地而后生。当然，不可能所有的人都像哈尔和罗杰那样，有机会到世界各地去旅游、探险。正因如此，所有关心地球和热爱自然的人，不妨都抽空看看"哈尔罗杰历险记"这套书，希望你能进入角色，设身处地，感同身受，与哈尔和罗杰一起，深入广袤无垠的大自然去畅游、搏击，追随那些曲折的情节，体验无数惊险的场面，肯定会使你深感刺激。而且，书中丰富的知识和简练的语言，也会令人受益匪浅，回味无穷。

最后，还要加上几句，就是关于亨特一家的事业。他们到世界各地去猎取和收集各种各样的珍奇动物，送到动物园和博物馆。一方面固然为人们休闲娱乐、观赏和了解地球上的各种动物做出了贡献，但是另一方面，他们也伤害了许多动物，伤害了大自然……

与70年前相比，人类现在更注重生态保护，对大自然和动物界的了解，都要客观而且深入得多了。但也产生了另外一种值得注意的倾向，就是一厢情愿地去和动物亲近，以至于有人和自己的爱犬亲吻，结果被咬掉了嘴唇。我们说，动物是我们的朋友，是指我们和动物同是生命世界之一员。但这并不意味着，我们就可以和北极熊拥抱，可以跟老虎接吻。动物就是动物，人就是人，即使地球上最最温和友好、亲切好奇的南极企鹅，当我想去摸它的脑袋时，它也会奋起反抗，摆出一副决一死战的架势。因此，我认为，人类和动物朋友的交往，应该是"君子之交淡如水"，最好的做法就是不要去干扰它们，当然更不能去伤害它们。

位梦华
中国最先登上南极大陆的科学家之一
中国作家协会会员、中国科普作家协会会员
享受政府特殊津贴、有突出贡献的科学家

目录 CONTENTS

1 刚果丛林   1

2 脚印   9

3 巨人戈格   15

4 子弹   20

5 蟒蛇的种种传说   26

6 摔跤比赛   30

7 再次失败   37

8 罗杰的运气   43

9 大屠杀   54

10 蜂蜜鸟   61

11 填满盐的狒狒   66

12 身上有斑纹的猫   72

13 填食枪	80
14 火	84
15 火山口	91
16 抓活的	99
17 卧室动物园	108
18 黑豹	113
19 人与豹的搏斗	121
20 喷毒的蛇	129
21 双头蛇	136
22 梯也格摔跤	144
23 宝石	150
24 谜解开了	156
25 好奇的鸵鸟	164
26 一船淘气鬼	170
27 潜水历险记	176

1 刚果丛林

哈尔和罗杰自小就与动物打交道,他们小时候的记忆净是关于动物的。他们的父亲——约翰·亨特,是位很有名气的动物博物学家。19岁的哈尔和14岁的弟弟罗杰长这么大,日常的伙伴经常是袋鼠、长颈鹿、大象、犀牛、河马、狮子、豹子以及父亲的野生动物基地里大大小小的各种动物。

亨特野生动物基地在纽约长岛,里面喂养的动物将送到各个动物园或马戏团。

兄弟俩曾经与父亲一道在亚马孙丛林、南海、非洲内陆多次探险,现在已经掌握了活捉野兽的本事。如今约翰·亨特上了年纪,再吃不了那份苦了,所以孩子们要自己去干了。

他们刚刚结束在非洲狮子故乡的事情,就收到父亲发来的一封电报:

> 赖因格林马戏团拟办丛林野兽展,需大猩猩、黑猩猩、蟒、蝰蛇、眼镜蛇及各种具代表性之热带丛林动物,行否?

这真是一项够刺激的任务,也是对他们的一次挑战。哈尔与他的黑人狩猎队队长祖卢商量这件事,祖卢摇着头说:

"非常困难。那都是些厉害的蛇,还有世界上只有一个地方可以找到大猩猩。"

"什么地方?"

"刚果丛林,在刚果河与维龙加火山群之间。野蛮的地方,人也野蛮,部落开仗,白人被杀,也许要跟你父亲说不。"①

但兄弟俩在父亲要求他们干一件事的时候,从来就没说过"不"字,何况这任务是如此刺激、富于冒险性,还可以对非洲及其野生动物做更多的了解。所以他们给父亲的回答是一个充满热情的"行"。

当他们穿过狮子故乡进入猩猩之乡——刚果丛林之后,他们发热的头脑开始冷静下来了。

祖卢说的是实话。刚果不太平,政府对外国人是友好的,但偏僻地区的部落对白人不友好。大猩猩则对什么人都不喜欢,不管是白人还是黑人。

哈尔和罗杰从鲁曼加伯的地方长官那里取得了狩猎许可证,这位长官警告他们说:"维龙加火山群地区非常荒僻,你们需要一位向导。"

"你能推荐一位吗?"

"不行。过去这里有过一些优秀白人猎手,但刚果发生动乱,他们就回到比利时去了。他们之中有一个人留了下来——但我不推荐他。"

"为什么?"哈尔问道,"他既然有胆量留下来,也许正是我们所需要的那个人。"

长官微微一笑,"我看他不是因为有胆量而留下来,而是因

---

① 祖卢的英语不好。

1 刚果丛林

为没钱走不了,他兜里一个子儿也没有——现在仍然如此。"

"那,也许他更愿意接受这份差事。他熟悉这一带吗?"

"或多或少吧!"

"问题在哪儿呢?"

长官噘了一下嘴,说:"我看我已经说得够多了。我派个孩子去叫他来,你们自己判断吧。"

半个小时之后,那位比利时大块头走了进来,长官介绍他叫安德烈·梯也格。

梯也格的一副长相倒是令人难忘的:1.8米的身高,又宽又厚的胸膛,有力的手臂,大红脸膛上又密又长的络腮胡子垂到胸前。你在上千个人中也难得看到这样的胡子,光这胡子就足以把大猩猩吓得魂飞胆丧了。

梯也格的嘴唇很薄,嘴巴像是用刀在脸上划开的一道口子。两道眉毛又长又浓,一头黄发高高耸起,像是白鹦鹉头上的冠毛。

但最吓人的是他的眼睛,或者更确切地说是他的左眼。他的左眼是一只铁蓝色的玻璃假眼,一动不动地死瞪着,看着真叫人害怕。左眼下一道深深的伤疤一直拉到嘴角,看得出来这是豹子的爪子留下的。这道伤疤使得他的左边的脸老是像在冷笑。

与这只死瞪着的左眼相比,那另外一只眼就像烫炉子上的一只猫,好动而不安宁。那眼珠子一会儿溜过来,一会儿溜过去,好像要补偿它那只玻璃伙伴的损失似的。它把哈尔和罗杰从头到脚扫了一遍,似乎对它所看到的一切都不满意。

这只眼睛的颜色是一种苍白陈旧的蓝色,看起来就像一幢空房子的窗户，里面空无一物。这脸上的一切，难看的伤疤、令人讨厌的眼睛和嘴巴，给人一种奇怪的、做作的感觉。哈尔心里想，这是一个虚荣冷漠也许还有点残酷的家伙，不像是那种在丛林中可以使人放心的人。

梯也格说话了："是的，是的，我熟悉这块大猩猩的地方，我来给你们当向导啦！当然，我是个大忙人。但碰巧我眼下正好有空。但是你们必须明白，刚果是个有麻烦的国家，你们不应该到这儿来，大多数的欧洲人都回家去了。"

"可是你不也没走吗？"哈尔说。

看得出来，梯也格神气起来了，高耸着的头发差一点都碰到了天花板。

"我可吓不倒，我不怕这些土人，我也不怕大猩猩。但你们也别指望太多，已经没剩下几只大猩猩了。"

"我知道。"

梯也格开始用一种了不起的口吻说了起来，如果百科全书能开口说话，那神气也不过如此而已。他说："你们可能知道，猩猩有两种：山地大猩猩和低地大猩猩。低地大猩猩生活在西海岸炎热、潮湿的丛林中，短毛、短颌，身高体重几乎与山地大猩猩一样——但实际看上去却不是这样，山地大猩猩看上去要大上一倍。因为山地大猩猩身上的毛有20厘米长，当然这是御寒所必需的。它们居住在这些火山坡上3000米以上的地方——那上面的确很冷，特别是晚上。低地大猩猩在这种气温下活不了。你们为什么不抓低地大猩猩，那要容易多了。"

"我知道。"哈尔说。

1 刚果丛林

梯也格那只玻璃眼冷冷地瞪着,"那你们冒什么傻气,非要抓那难抓的?"

"正是因为难以得到人们才想得到它。"哈尔解释说,"全世界各种机构所有的低地大猩猩达 219 只,而山地大猩猩才 13 只,一个动物园或马戏团给一只低地大猩猩出的价钱不会高于 5000 美元,他们想要的是山地大猩猩,他们愿出价 10000 美元来买一只。"

"不错,"梯也格那只好眼垂了下来,而那只假眼仍然死死地瞪着,"嗯,年轻人,那是你们的事儿了。"

第二天傍晚,他们一行来到米凯诺山 3000 米高的山坡上。爬到这里真艰难,14 辆各种汽车、兰德罗伏尔吉普、笼车、狩猎车、吉普车开足了马力才爬了上来。

他们在一块林中空地安顿下来,这儿有一幢狩猎小屋。现在兄弟俩与梯也格正坐在一张粗糙的桌子旁,啜着茶,嚼着肉干。

狩猎队的队员在外面靠近一片水的地方点着了篝火。这片水若叫作湖则小了一点,叫作塘则又太大。夜幕已经降临,林中的野兽开始悄悄地出来喝水。罗杰从小窗户望出去,说:"我看到了野猪、角马、大羚羊,还有两头野牛,就是没有大猩猩。"

"大猩猩并不经常饮水,"哈尔说,"况且它们也不会来到离营地那么近的地方。"

梯也格那只能动的眼睛盯着房顶说道:"你们很快就会看到的,我希望你们别大吃一惊,像你们这样的新手都会发现大猩猩是世界上最可怕的野兽。"

"为什么可怕?"哈尔问道,"不管怎么说,它们看起来很像人嘛!"

"正是因为这样!"梯也格说,"它们看起来像人,你们会以为它们的行为也像人。当那个家伙尖叫着冲向你的时候,你就会明白,这是比人的力量强10倍的庞然大物——它冲过来的时候,那叫声十几千米以外都听得到,毛茸茸的胸部鼓得像个气球,龇牙咧嘴、怒气冲冲,张开的血盆大口足可以装进你的脑袋,两米高的身躯看上去就像3米高;它重200多千克,而你不过70千克;它两条粗大的胳膊长着20厘米长的毛,像足球那么大的两只手不断地拍打着肚子,嘭、嘭、嘭,就像擂响了非洲木鼓——这时候,看到这样一个模样像人而举动非人的魔鬼,你的背上就会感到阵阵凉气,你会吓得呆在那儿,动都不会动了,也可能发疯似的落荒而逃。"

"我要跑!"罗杰打了个冷战。

"那最糟糕!你必须待着不动。它跑得比你快,你要跑的话它会抓住你,一旦那条胳膊箍住你,你就没气儿了。你唯一的办法是站住看着它,那也许——仅仅是也许——它会停下想一想,也许不会停下,如果它的老婆孩子跟着它,它怕你会伤害它们,会朝你冲过来;如果你看起来并无恶意,也没带枪的话,它可能会举起胳膊,像是说,'有什么用?'然后咕咕哝哝地走回到它的家人当中。"

哈尔皱了皱眉头,"你是说不带枪?如果真有麻烦怎么办?"

"如果你带枪的话那就更麻烦。当一只大猩猩朝你冲过来的时候,你最好是把枪扔到树丛中去。记住,你是在与一种聪明的动物打交道,大猩猩、黑猩猩、象、海豚——地球上最聪明的4

种动物。大猩猩一旦看到一支枪,它就会认出这是一支枪。"

"那它们一定被人用枪捕杀过。"

"是的——被一些有名的猎手——他们就住过这间小屋,有瑞典的威尔海姆王子,有比利时的阿尔贝特王,有西奥多·罗斯福,有朱利安·赫胥黎,有卡尔·埃克利。"说着,梯也格把头朝后一仰,像是要避开什么臭气似的,"我在白费口舌哟,你们这样的小孩,听到这些名字跟没听到一样!"

哈尔微微一笑,对这突然而来的轻蔑感到吃惊。他自小就听说了这些伟大人物的名字,对他们的故事熟悉得很。不过他懒得说。

梯也格继续往下讲:"不过我还是给你们说说卡尔·埃克利吧!他认为这个地方是世界上最可爱的地方之一,他想在死后能在此葬身,他也的确葬身于此。明天早上你们就可以看到他的坟墓。他收集了这个森林中的各种动物并制成了标本,如果你们到了纽约的美国自然历史博物馆,你们会在埃克利非洲馆看到这些标本。"

罗杰脱口而出说道:"我们已经看过几十次了,它们真棒!"

梯也格使劲地瞪着罗杰,恨不得瞪穿罗杰的皮,他不客气地说道:"那么,我估计你们对这一切比我懂得多多啦,也许应该由你们来当向导教教我!"

罗杰心里想,我可以教教你礼貌举止!

梯也格又继续往下说:"还有另外一个人,在某些方面比所有其他这些人都更为出色,你们肯定不知道他。几年以前,他就住在这个地方,在大猩猩中生活了一年多,对大猩猩的习性做了首次最详尽的研究,他的名字就是'谢勒'。"

"我读过他的书,"哈尔说着打开了包,从里面抽出乔治·谢勒的《大猩猩中的一年》,"这是我了解大猩猩的经典。"

"我看这要使你成为权威了!"梯也格挖苦地说。

"废话!"哈尔答道,"除了书上的东西之外,我对山地大猩猩一无所知,父亲的野生动物基地里就是没有大猩猩,一直弄不到。"

"现在也不能肯定你就弄得到,"梯也格提醒他说,"你可以轻而易举地射杀一只,但要抓到一只活的——那就是件麻烦事了。"

2

脚印

兄弟俩很兴奋,一夜都没睡安稳,一大早就出来四处看看。

昨晚他们到这儿的时候,天已经很黑,没看到什么东西。现在他们发现,埃克利说得不错——这是世界上最可爱的地方之一。

小小的湖四周盛开着鲜花,湖水平静如镜,草地周围大树参天,像是守卫这块宝地的卫兵,湖中树影清晰可见;一头刚喝完水的犀牛,身上驮着两只白鹭,正慢吞吞地走回树林中去。

在草地的一角,一块平卧的墓碑上刻着:

卡尔·埃克利①

1926.11.17

透过树林可以看到维龙加的其他山峰,一共有 8 座,全都是火山,其中 6 座沉睡于冰雪之下,另外两座十分活跃,不断地吐出火焰以及喷出火红的岩浆。

小屋的墙是用没上过漆的木头搭成的,上面是白铁皮的屋顶,内有 3 个房间,还有两个小棚,狩猎队的队员占一个大点的房及两个小棚,兄弟俩住一间房,梯也格一人占一间房。

现在所有的人都起来了,只有梯也格一个人还在做着美梦。

---

① 卡尔·埃克利:美国动物学家,他完善了"生境群展",也是一名优秀的动物标本制作师。

哈尔与厨子聊了几句之后就敲响了梯也格的门:"早饭好了!"

过了一会儿,梯也格打着哈欠出来了,睡意未消地问道:"早饭吃些什么?"

"百分之三个蛋怎么样?"

梯也格瞪大一只眼,说:"那不太滑稽了吗?"

哈尔说:"是的,滑稽,但是真事儿。厨子跟我说他炒了一个蛋。"

"你是说每人一个蛋吧?要学会说话准确,年轻人!"

"我说得够准确的,我们马上就要吃一个蛋当早餐。"

"33个人吃一个蛋?"

"一点儿没错。"

梯也格看看哈尔,那表情真可以使牛奶变酸。

他咆哮起来:"你在胡说八道!无论如何我不吃蛋,我只要咖啡和烤面包!"可当他看到门外野餐桌上高高地堆起一大堆炒蛋时,他又改变主意了,虽然还装出一副毫不动心的样子,但马上吃了一大口。

他看着那诱人的一大堆炒蛋说:"什么一只蛋!起码要3打才炒得出这么多来。"

"不,就是一只。"哈尔说,"厨师,把蛋壳拿来。"

厨子拿来了蛋壳,蛋壳没被打破,只是在头上戳了个洞,倒出里面的蛋液。这只蛋壳就有厨子的脑袋那么大。

梯也格气得满脸通红。当然了,一只鸵鸟蛋,他本应该想得到,他真傻!队员们都在笑,但是梯也格缺乏幽默感——他一点儿也不觉得有什么好笑的。

2 脚印

哈尔看出来这个大块头的虚荣心受到了伤害,应该给他找个台阶下:

"你看,你真精明,看一眼你就估出需要3打蛋,你估得真准!这只蛋重差不多2千克,3打鸡蛋不多不少,也就那么重,足够33个人吃,还多出了这些。你那么精明,剩下的全归你啦。"

他把剩下的全拨到梯也格的盘子里,梯也格白鹦鹉冠毛似的头发像是又耸得更神气了点儿,他一只眼直愣着,另一只眼朝四周的队员一扫:

"呃,那不过是个经验问题。当你们像我这么大年纪的时候,年轻人,你们会比我聪明得多。"

"用不着到你那个年纪。"哈尔几乎要说出口了,但他没说,他知道得小心,别捋这个大块头的倒毛。

"我们出发吧,怎么样?你有什么忠告,安德烈?顺便问问,我能叫你安德烈吗?"

梯也格眉毛一耸,不客气地说:"我叫你哈尔,但我想,你应该称我为梯也格先生才合适。"

"那当然,梯也格先生。我们是否在真正开始抓捕之前先侦察一下,你看怎么样?就我们3个——还有祖卢,他是我们的首席足迹辨认家。人多了会吓跑野兽。我们确定了某一个大猩猩家族的位置之后,再把我们的人和网以及其他东西带上。"

"随你的便,"梯也格说,"不过带上祖卢没什么必要,我看,认那些大猩猩的脚印我比他更在行。"

"肯定。但说不定会碰到什么麻烦,让他去保护我们怎么样?我得承认,你说到那些野兽如何凶猛的时候,可真把我吓住了。"

梯也格宽宏大量地笑了，说："别担心，我会跟你们在一起的，你的足迹辨认家去就去吧，只要他不出声别碍事就行。"

他们进了树林。前进很不容易，这儿的树林可不像公园里的树林那么开阔空旷。这里的树林下层长得十分茂密，有荨麻，有蓟类植物，它们的枝条要打在脸上就会留下一道红印，野黑莓丛的刺刚破了衣服，地上是厚厚的苔藓，一脚踩下去要使劲才能拔出来。

梯也格在领路，他说过他熟悉这个地方。他们在丛林中连推带挤，又滚又爬，挣扎了一个小时之后，梯也格停下了。

"我们已经走出至少 5 千米了，可能会看到大猩猩了——它们就喜欢这样的地方。前边有一块空地，我们可能会在那儿找到它们。"

他们来到林中空地，一幢小屋，一个小湖，还有那些队员，这是一个小时前他们出发的地方。队员们见到他们那么早就回来感到很意外。原来是梯也格领着绕了个圈又回到了原先的地方。

他尽力想找一个冠冕堂皇的理由来为他的无能做借口：

"没太阳。没太阳你就别想在森林中辨别方向。"

他的伙伴们开始意识到，要想找到大猩猩就必须撇开梯也格。

哈尔从包中取出一个袖珍指南针，说："这样我们至少可以知道自己的方向。"

可是罗杰累了，不愿再瞎闯，他说："在刺丛中瞎摸了这半天，白费劲。难道森林中没有野兽的足迹吗？"

"没有。"梯也格说。

"但树林中所有的动物每天晚上都到这儿来喝水，它们肯定

2 脚印

踏出了一条小路。"

"没路，"梯也格坚持说，"野兽不需要路。"

罗杰不理会他那一套，他离开人们走到树林边上，在树丛中翻弄着，看看在树丛的后面是否隐藏着一条野兽出没的小路。当他随手扒开一丛满是黄花的树时，一头瞪羚把他吓了一跳。它不是跑，而是跳，向上一蹿有五六米高。像这种情况，梯也格就说对了：瞪羚不需要路，也踏不出一条路来。

但是野牛、大象、犀牛这些迈着四蹄、脚踏实地一步一步前进的庞然大物又如何呢？它们不会跳过树丛，它们必须穿过树丛或者绕过树丛，后面的一定会跟着前面的，结果就会踏出一条兽路。但长在树林边上厚密的灌木丛把进出的口子给遮住了。

罗杰不断地扒开那些高大如树的蕨、竹子、两米高的野芥菜、野黑莓。

终于找到了！在这些长得很快的屏障后面就是一条兽路的进出口，地上满是深深的兽脚印，野牛的尖蹄印，又宽又平的象脚印，还有其他许许多多罗杰认不出来的兽脚印。

"我找到了！"他大声喊道，其他的人都跑了过来。

"好样的！"哈尔称赞道。祖卢向他微笑，黑色的面孔衬着满口明亮的白牙，使这笑容显得更加明快动人。

只有梯也格不高兴，绷着脸跟着他们踏上了兽路。

对祖卢来说兽路就是一本书，它告诉他什么野兽从这条路上过去了。他眼盯着地面，嘴里念叨："疣猪、大羚羊、小狷羚、大狷羚、野牛、野猪，"他停住了，上下左右又看了看，"注意两旁——以及上面，不到半个小时前这里路过了一头豹子！"

他们小心翼翼地继续前进，最后祖卢说道："好，不用紧张了，已经没有豹子爪印了，只有鬣狗和豺的脚印。"

不一会儿，他又停住了，并弯下身子仔细地看着地面，梯也格走过去看他发现了什么东西。

"不会是野兽留下的，"梯也格说，"一定是你们的人当中哪一个走过这地方。"

地上真有一个看上去像是人的脚印，脚印一端5只脚趾的凹痕清晰可辨。

哈尔说："不过，请看大脚趾印，与其他4个脚趾分得很开，远远地叉向旁边，人脚不会是这个形状。"

"你不懂，"梯也格说，"没穿过鞋的脚就是这样，脚趾是叉开的。"

罗杰尖锐的目光已经发现一些别的东西，"祖卢！"他问道，"大猩猩是怎么走路的。"

"嗯，它可以像人一样站立，但通常都是四肢着地而行的，脚平着踩地，但手不是，它蜷起手指，以指节着地，大拇指不着地，这样地上就可以看到4个指节坑。"

"是不是像这个样儿的？"罗杰指着地上一排4个坑问道。

"正是！"祖卢兴奋地叫了起来，"正是！"他四周看了看，想看看是否有大猩猩藏在附近的树丛里，然后又看了看地上的踪迹。"一定是只大家伙。"他握起拳头用指节在地上按了几个坑，他的一排坑宽不到8厘米，而原来那一排坑足足有15厘米宽。

"好家伙！"罗杰惊呼了一声，"它的手一定有只火腿那么大，我可不愿挨它一巴掌。"

3

巨人戈格

祖卢仔细地审视着地面,"它上了这条小路,我们跟上去,但一定要肃静,这些脚印很新鲜,它不会离得很远。"

他们小心翼翼地朝前走,唯恐踩到地上的树枝会咔嚓作响,这样走了不到500米,祖卢停住了。

"它离开了小路。"祖卢悄悄地说,他一动不动地站在那儿倾听着,他一定是听到了什么;兄弟俩也听到了——像是大雨过后树叶上的水珠滴落下来的声音。但没下过雨,树是干的,响声也可能是溪水冲击石头的声音。不,不可能,因为这声音不是连续的,而是响响停停。

后来又传来了另一种声音——说话的声音——一种低沉的像一个人满意地喃喃自语的声音。

祖卢像个幽灵似的静悄悄地离开兽路,并示意其他人跟上,他在树丛中跟踪着那一串脚印,那个响声一停,他也立刻站住,像座雕像般的一动不动,直到听到喃喃自语般的声音或是滴水的响声时才又继续前进。

现在一定离这个声源很近了,祖卢举起一只手,大家立刻停下,从树丛的缝隙中往前瞧着。

从树顶上透下来的光线很少,在半明半暗的空地中,他们首先看到的是水的闪光。那是一条小溪,但溪水并没冲击石头发出那汩汩的响声,水静得就像池塘的水一样,但那汩汩声还在不断地响着。

他们又听到了那个声音,像是一只大猫在木桶里面发出的呜呜声。

哈尔指着前面悄声说:"在那儿!"

"那么个巨大的家伙!"罗杰也悄悄地说。

这个巨大的黑家伙坐在溪水边,正在喝水——不是像动物那样喝,差不多所有的动物都是把嘴凑到水里去喝。而它则像人那样喝水:先用手把浮在水面上的枯枝落叶拨开,然后不是把头凑下去,而是用两只手掬起一捧水,直起腰喝。有些水从它的手指缝里漏了下来,跌落在水面上,那就是这一行人所听到的滴滴答答声了。

这个黑色的身影喝完水站了起来,它差不多有2.15米高。

"这个家伙肯定有1.5米粗,"哈尔悄悄地说,"我敢打赌,它的体重肯定超过300千克,如果称一称的话。"

这个庞然大物挪动了一下,现在他们可以看到它的侧影。硕大的脑袋的轮廓清楚地显示出来:突出的眉骨、扁平的鼻子、前伸的下颌、后缩的下巴。

毫无疑问,他们看到的是大猩猩,而且是一头猩猩巨人!哈尔从他的研究中得知,大多数的雄性大猩猩站立时的身高是1.5~1.8米左右,体重在220~270千克之间。圣地亚哥动物园的一只低地大猩猩重265千克,另一只重285千克。

1920年在刚果河附近的邦比奥森林打死的一只猩猩高达2.83米,当时法国的一家科学期刊曾登过它的照片,但那是绝无仅有

3 巨人戈格

的特殊例子。从那以后像这么高大的大猩猩就再没听说过了。

现在他们看到的这个庞然大物是他们所见到过的靠两条腿直立的生物中最高大的了。

"看上去真像戈格。"哈尔悄声说。

罗杰明白他说的是什么意思。在伦敦市政厅他们曾参观过一尊戈格的木雕像。传说地球上曾有一个巨人部族,戈格就是传说中巨人部族中的最后一个巨人。现在站在他们面前的这个庞然大物看上去的确像巨人戈格。它也可能会成为它的部族中最后的巨人,当剩下的山地大猩猩被消灭光之后,地球上就不会再有这种像人的动物了。

哈尔心里已经把站在前面的这个巨人命名为戈格了。

他想象着当戈格在赖因格林马戏团的舞台上,从暗处走到灯光下时,成千上万的人会伸长脖子争相观看,男人们张大了嘴,姑娘们会尖叫!

一道阳光穿过云层直射下来,巨人的轮廓一下子鲜明地呈现在他们的面前。他们看到它并非全身都是黑色,在它的背上有一道白毛顺脊向下,全身的毛都蓬松地支棱着像是被电感应似的。

为什么这只白背脊的大猩猩没注意到在树丛中窥探它的观众呢?一般来说,野兽都应该要么看到、要么听到、要么闻到了他们。但大猩猩不行。这也正是大猩猩另外一点像人之处:大猩猩在某些方面跟人一样聪明,但也跟人一样迟钝,它的视觉、听觉、嗅觉既不差于人,也不优于人。

不过,哈尔心想,在块头上和力量上这个巨兽远远超过人,怎样抓住它呢?4个人不行,需要全队的人。他开始朝原来那条

3 巨人戈格

兽路退去,其他人也退了下来。他们必须赶快,不然猎物还不等他们赶到就溜走了。

一到了兽路上他们就开始小跑,罗杰不断地左瞧右望,所以跑起来跌跌撞撞的。

"小心你的脚步。"梯也格说。

"我在想它的一家子在什么地方,"罗杰说,"我敢打赌,应该在这附近。"

跑了10分钟左右,罗杰说:"看到那几棵大树下的空地了吗?我到那儿去看看,然后我再来追你们。"

他从树丛中穿过去,不一会儿就喊了起来:"回来,在这儿!"

其他人都踮着脚朝他那儿靠去,其实已经用不着那样了,它的一家是在那儿,但已经不是在等待它们的家长归来了。

两只母猩猩,一只半大的雄性大猩猩躺在地上,已经死了。身上还有体温,血,从矛扎的伤口中一滴一滴地流出。

丛林中很远的地方传来阵阵尖叫声,祖卢说:"猩猩幼崽!"他查看了脚印纷杂的地面——有人的脚印。

不难想象发生了什么事:一伙土人为了活捉猩猩幼崽而袭击了这个家庭,家庭的其他成员拼命地保护着猩猩幼崽,因而遇害了。

为了活捉一只而杀掉了3只。

如果维龙加地区原来估计有400只大猩猩的话,现在只剩下397只了。本来是有严格的法律禁止杀害这一类动物的。由于乱捕滥杀,已经有几十种动物在地球上绝迹了。如果这种屠杀再继续下去的话,山地大猩猩也会跟那些绝迹了的动物一样从地球上以及人们的记忆中消失掉。

4

子弹

那帮人肯定已经带着猩猩幼崽逃远了。为什么？

"他们为什么不要成年的？"罗杰感到奇怪。

哈尔说:"也许他们不懂得怎样抓大的,把大的杀死抓小的更容易些。"

"但如果他们打算卖钱的话,猩猩幼崽卖不了几个钱呀!"罗杰说。

"与大的一样价,1万美元。"

"不合情理。"罗杰说。

"不,合情合理。你自己算算:如果你经营一个动物园,你更愿意要哪一种——大的,可能活10年或者更长一点;小的,你可以展出30年!"

"我呀,"罗杰说,"我两种都要——大的,可以让人们看看大猩猩长的什么样,小的,可以展出更长时间。"

"不错,这也正是为什么它们大小都一个价。"

"好吧,"罗杰说,"还有一点不明白:为什么可以批准活捉大猩猩而禁止杀死大猩猩呢?"

"因为杀死一只大猩猩,地球上就少了一只大猩猩;但如果你抓到一只活的大猩猩并放养在动物园内,大猩猩的数目并未减少。你实际上帮助了大猩猩——它们从此可以生活在一个好环境

4 子弹

里,可以活得时间更长,而不是生活在满是敌人的丛林中。有人说动物园里的野兽变衰弱了,从某种情况看是这样,但总的说来,野兽们吃得好,住得安全,有病得到医治,还有人来观看它们,它们一点都不会难过。"

"听!"

树丛中咔嗒一声,走出了溪水边那只庞然大物,它仍然以一种满足的低沉的声音与自己说着话。

当它看到它的家庭发生了什么变故时,它站住了,它的声音变成了一种极端痛苦的啊,啊,啊声,它跑上前,伏在那只年轻的雄猩猩身上,那可能是它的儿子,后来又趴在它的两个妻子之间,用它的大手压住还在往外滴血的伤口。它摇着它们,仿佛想把它们摇醒。后来它用手把它们拖到身边,一只手搂住一个,一俯一仰地摇着,悲伤地呜咽着。

突然,它停住了。巨人放下了两具还留有余温的尸体,一下跳了起来,它四周望着,可以猜得到它心里在想什么:"谁干的?"

它的目光终于停在了藏得不太好的4个人身上,它发出一声令人毛骨悚然的尖叫,连同从山上反射回来的回音,叫人全身发冷,几个人都给吓蒙了,就像冻僵了似的一动不动呆在那儿。

戈格用手掌击打着地面,那是什么样的手掌啊!每一只都像垒球手套那么大,它开始朝4个人走过来,一边发出阵阵怒吼,一边用手捶打着它那大鼓般的胸膛。

4个人的心怦怦乱跳,人却像木头般地一动不动,他们的第一个反应就是转身快跑,但他们清楚地知道,这样一来必然招致攻击,唯一的办法是站着不动把它吓住。

如果按正常的大猩猩的行为，它来到离人 3～4 米左右的地方就会停住，然后转身走开。

但是这位巨人已经不遵守常规了。它的亲人遭到杀害，愤怒和悲伤驱散了它秉性中对人的恐惧。

它脸上的表情吓得你血都要凝固，不仅仅是因为那张血盆大口及里面的长牙，它的脸之所以可怕，是因为它太像人脸，像一个狂怒而要拼命的人脸。

哈尔和罗杰以前也受到过野兽的袭击，也曾身处险境，但这一位更令人魂飞胆丧。一头要进袭的犀牛脸上是毫无表情的；一头野牛的模样，要杀人的时候与它吃草的时候一个样；从一头暴怒的河马的眼睛里你什么也看不出来；一头发起攻击的大象会支棱起耳朵、举起长鼻，但它的表情没有变化；一头发怒的狮子除了那张开的大口之外，面部平静如常。整个动物王国都是如此——除非你碰上了大猩猩，只有它们，以及另一种动物，人，有着一张忠实地反映他们情绪的面孔。

而且即使是人，无论他怒到何种程度，也不会发出大猩猩发怒时的那种气味。一阵微风向罗杰的鼻孔吹过来一种气味。

"它发出一种烧橡皮的味儿。"罗杰说。

戈格伸开两条毛茸茸的胳膊，这一来，谁也逃不脱，它两手伸开的距离足有 2.45 米长，那臂膀上的肉疙瘩一鼓一落，不用说，这样的一只手足以拧下一个人的脑袋。

它前额上的毛发一上一下地抖动，罗杰感到自己后脑勺上的头发似乎也在抖着。

梯也格粗壮的身躯抖得像风中的一片树叶，这实际上是他第

4 子弹

一次看到山地大猩猩,他对哈尔兄弟所讲的那些关于山地大猩猩的事全是听别人说的,他自己从没接触过大猩猩。

所以他做错事是很自然的了。

他弯下身捡起一块石头,使足劲扔了过去,正打中那个庞然大物的胸膛,但对戈格来说,不过像根羽毛拂了一下。它捡起那块石头朝梯也格猛掷过来,这使得罗杰兄弟想起了戈格用石头与敌人打仗的故事,石块正打在梯也格的肚子上,把他打得弯下了腰。

戈格没有在3米远的地方停下,没在两米远的地方停下,也没在一米远的地方停下,它左臂一挥把罗杰和祖卢打倒在地,右臂一抡,哈尔也趴到了地上。

它对梯也格却另有花样,它一把抓起大块头朝树上扔去,梯也格在一根离地3米多高的树枝上碰了一下,落到地上。

梯也格抽出手枪开了火。

它被打中了,但没倒下,捂着肩头转身跑进了树丛之中。

哈尔弯下腰查看失去知觉的罗杰,试了试他的脉搏和呼吸。

"他一会儿就会醒!"果然,几分钟之后,罗杰睁开双眼,虚弱地问道:"我这是怎么了?"

他强健的身体经受住了这次致命的打击,如果是另外一个人,没有像罗杰那种在非洲原野受到的锻炼,那早就完蛋了。

4个人使劲地站了起来,昏昏沉沉地顺着那条兽路摇摇晃晃地朝回走。哈尔难以理解地看着梯也格说:

"我想,你说过不要带枪的。"

梯也格难堪地说:"呃,嗯,你瞧,我认为这是一种预防

4 子弹

措施。"

"但我认为你原来说过你不怕大猩猩的。"

"怕？谁怕啦？我只是想我应该在万一有麻烦的时候保护你们，我带了这支枪是你们的运气，我救了你们的命，我还指望得到感谢呢！"

哈尔笑了笑，让这个大块头胆小鬼自个儿得意去吧。

罗杰不断地朝后望，这样望了几次之后，哈尔就问了："怎么回事啊，弟弟？"

"我总有种不祥的感觉，好像有东西在跟踪我们。"

哈尔朝后望去，除了树之外什么也没有。也许，是弟弟的臆想；也许，在挨了戈格那有力的一击失去知觉之后，他至今仍然神志不清。

他们终于来到了那块草地，穿过野花，回到了小屋，与他们的30名队员待在一起他们才感到安全。

罗杰又朝后望去，说："我看到它了——戈格——在树丛中瞧着——不，不是——啊，在那儿——不，没有。"

"沉住气！你还不太清醒。戈格挨了那一枪之后，现在还在跑呢，说不定现在离我们已经有几千米远了。"

但他自己也不太肯定。他们进了屋，躺在床上休息的时候，他开始在想，假如罗杰真的看到了什么，假如戈格在跟踪他们并知道到哪儿可以找到他们；戈格认准了是他们杀害了它的一家，是他们打了它一枪，它很强壮，死不了，但这颗子弹会让它疼得难受，这会更加坚定它复仇的决心。

也许，这不会是与戈格的最后一次相遇。

5

蟒蛇的种种传说

罗杰感到很烦躁,每次他刚睡着就梦见那张黑色的面孔以及一条多毛的手臂,横扫过草地把他击昏。

他立刻惊醒,并且很不安。不仅仅是因为害怕,也是为戈格而难过。这个庞然大物失去了它亲爱的伴侣,而梯也格使事情变得更糟,现在由于受伤疼痛,戈格已经变成一个可怕的敌人,由于疼痛它会发狂,它会杀掉它所遇到的每一个人。

"哈尔,起来!"罗杰喊道。

"睡吧!"

"听我说,哈尔,我们该想办法。"

"干什么?"

"给它把子弹取出来。"

哈尔没想到会听到这么一句话,但这话正像罗杰说的,他总是想办法帮助一只动物而不会避开它。

"别胡思乱想了!"哈尔说,"你怎么可能与一头随时想杀掉你的野兽交朋友呢?"

"我不知道,"罗杰承认,"但无论如何我们必须这样做,而且你要把梯也格解雇了。"

"很不幸,我们不能这样做。他受合同保护,我们曾经保证过,在我们结束这个地方的工作之前得雇他。但有一件事也许我

5 蟒蛇的种种传说

能办得到：解除他的手枪。"

罗杰哈哈大笑："我倒想瞧瞧！在我听起来你好像要说，'万分对不起，梯也格先生，我想要你的枪'。"

哈尔也笑了："差不多是这样。"

"如果他不交出来呢？"

"我就慢慢地劝他。"

祖卢突然冲进房间："大蟒，先生！"

"在哪儿？"

"湖里。"

"盯住它，我们立刻就到。"

赖因格林马戏团想要一条蟒蛇，这里就有一条，几乎就在门口。他们的倦意立刻烟消云散。他们来到了湖边，四处一看，什么也没看见。祖卢指着湖中说："在那儿！"

他们原指望会看到非洲最长的动物，现在他们看到的仅仅是个鼻子，就露出那么一丁点儿在水面上。

他们想起了亚马孙丛林中的南美大蟒，那是非洲大蟒最近的亲戚，它们同属蟒科，但南美蟒生活在水中，非洲蟒一般被认为生活在陆地。然而它们有一个共同的习性，就是卧藏在水边一带，随时准备捕捉来饮水的动物。

"怎样把它弄上来？用套索，还是用网？"罗杰拿不定主意。

"都不行。它可以待在水下不呼吸达 20 分钟之久，20 分钟，它在水下早不知道游到哪儿去了，到哪儿去找。别指望能用力气就抓住它，也许我们可以给它找个出来的理由。"

"什么意思，你认为你可以说服一条蟒蛇吗？"

"是的,如果能有另一只动物帮忙的话。"哈尔的目光在草地上扫来扫去,最后落在了树林边上一头正在吃草的南非羚羊身上。

一个叫马利的队员正带着一根套索,哈尔对他说:"试试能把那头羚羊套住吗?"

马利毫不费力就把那头一点儿也没警觉的小羚羊捉住了。

"带这儿来,靠水边这儿。"哈尔叫道。

马利把那个又踢又蹦的小家伙拉到了水边,他自己手握住绳头躲进了树丛。

当大蟒昂着头张着嘴射向岸边的时候,水面上涌起了一阵波浪。

"拉过来!"哈尔喊道。

马利把那只浑身发抖的小家伙拉到了树丛里就放开了它。十几名队员冲向大蟒,大蟒又湿又滑,根本抓不住,它硬是从十几个人的手中溜掉,进了一个洞里。大家都很失望。

"不要紧,"哈尔说,"我们还要抓住它。它的窝肯定在那下面,迟早它总要出来的,大家做好准备,它一出来就把它抓住。"

大家就站在那里等着——10分钟、20分钟、30分钟。

厨子突然想出了个主意,他跑到供应车上拿来一头大蒜,"在我们的村子里,"这位黑人说,"人们经常说,蟒离不开大蒜,没有大蒜它们就待不住。"他把大蒜放在洞口,"这样会把它引出来。"

哈尔完全知道这一套,所以他没笑出来,这不过是许多非洲人的迷信之一。

5 蟒蛇的种种传说

另一种迷信是：蟒是神。许多部族都敬蟒为神。你如果杀害一条大蟒，天会大旱，庄稼都会干死。

还有一种说法，说是大蟒在缠死一个人之前必定要把尾巴先缠到树上，动物学家们知道事实并非如此——很多大蟒在没有树的原野上攻击人或兽。

另外一种普遍的看法，以为蟒的舌头像把油漆刷子，先在猎物全身涂满唾液，这样它吞咽就容易多了。其实它的舌头实在太小，胜任不了这件事，就像用一把牙刷，很难给一个大谷仓刷油漆似的。

蟒的身体下面有两块突起，人们以为蟒用它们来堵住猎物的鼻孔使其窒息。事实不是这样，事实要比这奇怪得多：这两块突起是脚的残留部分，好几百万年以前，蟒是靠脚走路的。

还有一种普遍的迷信，蟒不会在日落前死去。这也不是事实，但引起这种误解是有原因的，不久之后，兄弟俩就会知道。

根据一些部落的传说，天上的彩虹就是一条缠住地球的巨蟒，只有最强有力的巫师才使得世界不被缠死。

大蒜丝毫不起作用，但有东西在起作用了。哈尔站在离洞口约6米远的地方，他感到脚下在动，但他并不感到有什么不对头，因为非洲这个地方，到处是火山，所以经常有地震发生。

突然，一阵猛烈的抖动把他摔到了旁边不远的地方。

这地震好奇怪，其他人似乎什么也没感觉到，树一动不动，地震只发生在他的脚下一点地方。

6

摔跤比赛

地面在蠕动,然后裂开,最后甩起一条大蟒的尾巴。看来,那条大蟒并没有被大蒜所吸引,而是想离得越远越好。

尾巴开始朝地下缩,哈尔一把抱住,并喊其他人赶快来帮忙。

人们跑过来抱住大蟒尾巴朝外拉,但是蟒对付这种局面很有办法:它用肌肉朝外胀并且变得很硬,牢牢地撑住洞壁,死死地卡在原地不动。

如果一条蟒能耍花招的话,哈尔当然也会。他知道蟒总是企图朝里钻的,那么它总要松开它的鳞片的。

"不要一直往外拉,"哈尔说,"好,松掉一点。"队员们不再朝外拉,大蟒马上也松开并开始朝里面钻。"快拉!"哈尔一声令下,大家一齐朝外拉,大蟒不但没钻进去,反而被拉出了20多厘米,它立刻撑住洞壁,又拉不动了。哈尔喊道:"松!"大蟒也松开并朝里钻,"拉!"又拉出了大约30厘米。就这么一点一点地,蟒被拉出越来越长了,但问题也来了,因为它不断翻滚摆动,现在已经很难把它抱住。

越来越多的队员被叫来帮忙。现在这条大蟒要对付多达30人,它把这些人一会儿带到这边,一会儿带到那边,一会儿被摔到树上,一会儿被甩脱了双手——因为那么粗的蟒身实在很难

6 摔跤比赛

握住。

不一会儿拉出来一段鼓囊囊的身体,一定是这条大蟒吞下的还没消化的东西,后来又拉出另一段鼓胀的身体,显然它今天早上吃了一顿丰盛的早餐。

现在蟒头出来了,大概只有那鼓胀部分的一半。一条蟒怎么吞得下两倍于它的脑袋那么大的东西呢?

秘密在于它的颌关节,它的上下颌不像人那样像个铰链似的卡合在一起,它是靠一条有弹性的带子连着,可以拉开,又可以恢复原状。这样,像小牛那么大的东西它都可以吞下去。

哈尔和罗杰曾经见过一条蟒整个儿吞下一头红鹿——就是角没法吞下,露在蟒蛇两边嘴角外,看上去怪模怪样的。这条蛇的两个鼓包要小得多,大约有30厘米粗,里面是什么东西还不清楚。

大蟒猛地一拧,甩开了那些用胳膊勒住它的敌人,立即张着嘴朝一名队员蹿去。这名队员绊了一下跌倒在地,大蟒动作极快,把他的肩膀咬住了。

大蟒无毒,但它又尖又长的牙齿可以造成一个严重的伤口,它的牙尖得就像针,而且像鱼钩似的朝里弯,一旦咬住就很难松掉。

队员们都放开了原先抱着的蟒身,试图从蟒口里救出他们的伙伴,自由了的蟒尾巴一摆,立刻打倒了好几名队员,然后缠住了被咬住的队员。这名队员是哈尔队中最好的队员之一,叫图图,他勇敢地同大蟒搏斗,但由于他的双手被死死地缠在身体两侧,他现在毫无还手之力。每一次他呼出一口气,蟒就缠得紧一点,这是蟒最拿手的捕杀办法。通常,猎物身上的骨头是不会断的,只是被蟒越缠越紧,使猎物不能呼吸,猎物一旦停止呼吸,心跳也就很快停止。

但要是谁真跟你说蟒蛇勒不断猎物的骨头,你不要信以为真。一名马戏团的演员被一条5米长的蟒蛇缠死,后来发现他身上的骨头有84处被勒断。

如果大蟒能把图图缠死的话,接下去它就要吞食他。是否能吞下,一要看蟒的大小,二要看人的大小,蟒蛇吞食人的例子,被证实的已经有好几百例了。

一条只有3米多长的蟒蛇当然是吞不了人的。但对一条南美大蟒或一条非洲大蟒来说,就完全可能了。一条将近10米长的大蟒就吞食了一名成年的东印度妇女;一个14岁的男孩被一条5米多长的大蟒所吞食;一个缅甸人失踪之后,他的朋友们到处寻找,最后发现了他的两只拖鞋,不远的地方躺着一条近8米长的大蟒蛇,肚子上隆起一个大包。后来割开这个包,发现了他们朋友的尸体。

尽管如此,蟒蛇并不是一种凶恶的动物,除非它受到攻击,不然它几乎从不主动进攻。蟒蛇可以驯化,很多非洲人在家里驯养蟒蛇来捉老鼠或驱赶其他的害兽害鸟。

哈尔用手使劲扒大蟒的口,但蟒蛇尖利的牙齿割伤了他的手指头,罗杰跑到供应车上取来一根撬棍。

"好!"哈尔接过撬棍使劲插到大蟒的上下牙之间,两名队员上来帮助才撬开了大蟒的嘴巴,松开血淋淋的肩膀,其他队员则使劲扳开缠在图图身上的尾巴。图图什么也不知道,他已经昏死

6 摔跤比赛

过去了。

罗杰的撬棍起了作用,大蟒的嘴巴被撬开了,缠着图图身体的尾巴也被拉开了。

但如果他们认为这条蛇已经筋疲力尽,那他们就大错特错了。他们还没明白过来,这条蛇已经又钻进了一个洞。它会在里面待上几小时,也可能几天。

大块头梯也格一直远远地站在后面,现在他看到充好汉的机会来了。他昂首阔步地走到只有到他肩膀那么高的队员中间,大黄胡子一上一下地抖动着,一只玻璃眼冷冷地盯着队员们,另一只眼则轻蔑地瞪着哈尔。他说:

"你干了件蠢事吧!"

"你能干得漂亮些?"

"当然。你看来忘记了,我是这次探险队的向导,这根本不是孩子干的事。"

"如果你有什么计划的话,让我们听听,"哈尔说,"这条蟒受了惊,天知道它会在地下待多久,如果你知道如何把它弄出来的话,就动手吧!"

"很简单,"梯也格说,"伙计们,弄些树枝树叶来,塞到那洞里。"队员按他的吩咐做了。"好,现在点火。"很快,树枝熊熊地燃烧起来。"什么蟒蛇也受不了这烟火,它一定会从另一个洞口跑出来,你们都守到那个洞口周围去,它一出来就把它抓住。"

队员们都聚集到了另外一个洞口,也许梯也格说得对,由于害怕火,大蟒会企图从这个洞口逃跑的。

可是谁也没注意,梯也格并不与队员们一起守在估计蛇会蹿出来的那个洞口,而是站在离点火的洞口一个足够安全的距离之外。当一个黄色的脑袋,后面拖着一条鼓起两个包的黑褐色的身躯从烟火之中一冲而出的时候,梯也格大大地吃了一惊。它像一道闪电,直向梯也格的胸膛射去,那劲儿狠得就像一头斗架的公羊,同时尾巴马上缠到了他的身上。

梯也格惊恐万分,他抽出手枪朝大蟒的大口开了火,子弹穿透了脑袋,大蟒立刻瘫软下去,近10米长的身躯在死亡的痛苦中翻滚挣扎。

哈尔跑到梯也格的面前,说:"我要收掉你的枪。"

"为什么?"

"你完全明白,我们要的是活的大蟒,而你惊慌失措,开枪把它打死。这已经是第二次了,你把事情搞得乱七八糟。森林里还有一头大猩猩身上带着由于你的慌张而射在它身上的子弹。现在你应该把枪交给我。"

梯也格的那只玻璃眼死死地盯着哈尔的脑袋,而另一只眼则上上下下地打量着哈尔全身。

他慢吞吞地开口了:"你个厚脸皮、妄自尊大的小家伙,你想要枪,为什么不动手呢?"

他的身高要比哈尔1.8米的身材还要高出一些来,那头白鹦鹉冠毛似的头发使他看起来还要高得多,他的肩膀也要宽得多,体重比哈尔要重近25千克。

哈尔虽然才19岁,可是他已经高过父亲,也比父亲壮实,他的肌肉由于经常锻炼,非常发达,看上去一点儿也不比这个留着一大把黄胡子的人好对付。他的队员都围了上来准备给他帮忙。

6 摔跤比赛

梯也格哈哈大笑："有多少就上吧，我要干掉你！"

哈尔示意其他人退后，"如果要较量的话，我会一个人与你较量。但我不想与你打架，我只要收你的枪，我们为什么不能成为朋友呢？但如果每一只我们要活捉的动物都被你开枪打死了，那我们就不可能相处。把枪交出来吧！"

"给你，但不是枪！"他边说边一拳打在了哈尔的肚子上，把哈尔打了个趔趄。

看到第一下得手，梯也格立刻扑了上来。哈尔站在湖边上，已经不可能后退，只好朝旁边一闪，同时脚下一绊，梯也格一头栽进了湖里。

当梯也格从水里冒出来的时候，那白鹦鹉冠毛似的头发软塌塌地搭在头顶上，胡子像一块打湿了的洗碗布。队员们哈哈大笑，浑身滴水的梯也格怒不可遏。

"为这，我非要宰了你！"说着他冲向哈尔，简直就像失去控制的火车头，这一次哈尔没有躲闪，他使用在日本学到的柔道技术，蹲下身从梯也格的拳头下钻过，然后一把抓住梯也格的踝部，一使劲，就把梯也格头朝下地送进了正在冒着烟的蛇洞口，梯也格湿淋淋的衣服上冒起一缕缕的水汽。

哈尔把他从蛇洞里拉了出来，取下了他枪套里的枪，梯也格一次入水，一次进火，这两次惊险历程已使他的斗志烟消云散了。

"还是去换件衣服吧！"哈尔说。梯也格站起身，摇摇晃晃地朝小屋走去。

7 再次失败

祖卢一刀砍下了蟒的脑袋,他说:"我们用它来做药。"

哈尔让队员们随意处置这条大蟒。他们会把它的头磨成粉,卖给当地的巫医。骨节可以给村子里的女人做项链,可以保养喉咙;或者穿成腰带,可以治疗胃病;在非洲的一些国家,据说戴一串蟒蛇骨头在身上可以避免蚊虫叮咬。

关于蟒蛇的传说可以追溯到很古的时候。在西方,蛇被尊为神达5个世纪之久。希腊神话中的医神阿斯科力波依斯就手执缠着一条蛇的神杖。

用蛇药治病也有很长的历史。直至今日,在中国还有蛇制的药出售,据说这些药可治疯癫、惊风、癫痫、眼疾、伤风、喉痛、疟疾、耳病、牙痛、失聪、关节炎、风湿症等等。在危地马拉①,热的蛇油用来做寒症的敷剂;蛇油的作用在波多黎各也是家喻户晓的。在法国,直到1884年,蛇肉一直做药用。在这之前的伦敦,蛇肉曾用于治疗鼠疫。响尾蛇的油在美国被当作药品出售,用以治疗耳聋、腰痛、牙痛、喉痛、风湿,如果你不想服,也可以把它涂在患处。

---

① 危地马拉:危地马拉共和国,位于北美洲大陆南部,中美洲西北部,是古代印第安人玛雅文化的中心之一。

"那条蟒死了没有?"罗杰看到已经被砍掉了头的蟒蛇还在扭动,就问道。

"没有。"哈尔说。

"没有了头它怎么还能活呢?"

"蟒蛇的脑子不仅长在脑袋里,也长在它的脊椎里。站远点儿!它要缠上了你仍然可以要你的命!不要刺激它,说话小声点。"

罗杰瞪着他的哥哥,说:"你是把我当傻瓜吧!蟒蛇没耳朵,即使它有耳朵,现在它的头给砍了,它也听不到了。"

"蟒蛇的全身都是耳朵。"哈尔说。

"无稽之谈!"罗杰反对他的说法。

"不完全是无稽之谈,"哈尔微笑着说,"它的耳朵不像我们的耳朵,确切地说,它不是听到声音,而是感觉到声音。每一种声音都产生一种震动,蟒蛇能感觉到这种震动,它的神经非常灵敏。太微弱或者音调太高的声音,你就听不到,而它却能感觉到这种声波,还能判明声音来自何方。即使一只老鼠的脚步声它都感觉得到,它连看都不用看,扭身就可以把老鼠抓住。它全身接触地面,这就使它能感觉到最微弱的震动,就像一台记录地震的地震仪。你记得在日本的时候,报纸老是报道地震仪一天之内记录到好多次地震,有时上百次,而人却一次也感觉不到。每条蟒蛇就是一台蠕动的地震仪。"

"说到听见,"罗杰说,"你听见铃声了吗?那蟒蛇每扭动一次,我就听到一下叮当声。"

哈尔哈哈大笑,"这一回是你得了神经病,蟒蛇可不会叮当

7 再次失败

作响。"

"可这一条在响,听!听见了吗?你是百事通,请把这解释一下吧!"

哈尔听到了叮当声,尽管他从小就受到训练,今天已成为一个博物学家,可他也解释不了这种现象,他承认道:"你可把我难住了。"

肩膀上缠着绷带的图图跑过来指着蟒蛇问哈尔:"你们要吗?"

"不要,你和队员们可以随意处理。"

图图满脸带着感激的笑容回到了队员们中间,哈尔是个好老板,他送给了他的队员们一份好礼物。

队员们在蟒肚子上顺着划开一刀,开始剥皮。大蟒的皮很值钱,它能制成上好的革,它防水、防潮、耐磨,不会皲裂,不会脆碎,不会剥落,比牛皮、山羊皮都好。因为牛羊有脚有腿,身体不接触地面,不需要那么结实的皮。一条大蟒要拖曳着它上百千克重的身体在地面爬行,还要穿过各种树丛,必须得有这么一副好铠甲。所以蟒皮是一种很坚韧的皮,可以做好多东西,做鞋、手提包、手提箱、皮箱、沙发面套、帽子、皮带等,甚至照相机、自来水笔、网球拍子等的外套都可以用蟒皮来做。

但是蟒一死就得剥下皮,不然这皮就没用了。所以,哈尔明白他的队员们为什么那么着急。

剥下蛇皮之后,划开蛇肚子,从里面掉下来两头肥猪,正好可以做午饭的猪扒。这一定是不久前刚刚吞下的,几乎还没受到大蟒胃液的影响。这条大蟒肯定袭扰了某个村子。不过到现在还看不出叮当声的来由。又割开了一点儿，秘密揭开了，从蛇肚子里滚落下一只小猫，猫脖子上挂着一只小铃铛。图图把小铃铛拿到湖里洗干净，挂到自己的脖子上，一走路就发出好听的叮当声。

哈尔建议他们："把洞挖开，说不定还可以找到它的窝。"

挖了不到两米就发现了一个大坑，里面有好多坚硬的白色蛋，每只蛋直径大约有 10 厘米大小。他们数了一下一共有 90 枚没破的，两枚破了的。

"奇怪，被什么东西弄破的？"罗杰说。

"答案在里面，"哈尔指着两条有 30 厘米左右的小蟒蛇说，"注意它们嘴上角状的牙齿，它们就用那牙齿来划破蛋壳。"

队员们把其他蛋也打开，里面都蜷伏着一条小蟒，虽小但已完全成形，那分叉的舌头不断地闪进闪出。

这些非洲队员高兴得就像发现了金子，他们小心翼翼地把那 90 条小蟒蛇都装进了一口深深的锅里。

"要那些小蟒蛇干啥？"罗杰问。

"等会儿吃饭的时候你就知道了。"

大蟒被切成一大块一大块的。在小屋旁边生了一堆火，然后把猪肉、蛇肉一起放到炭火上去煎，小蛇则用矛叉着烤，所有的人都胃口大开地参加了这一盛宴，包括哈尔和罗杰。

这是他们第一次吃蟒蛇肉，他们都没想到蟒蛇肉竟是那么好吃。

"真像鸡肉，"罗杰说，"就是没鸡肉那么干。"

"我明白了，为什么吃人部落的人更喜欢吃蛇肉，就是这个

7 再次失败

原因——不干。"哈尔说。

"坐在这儿,吃着蟒蛇肉,使我体会到一种原始的滋味。"罗杰说。

"你用不着那么想,"哈尔说,"你在欧洲的祖先们就吃过蛇,法国人在某种意义上现在还在吃蛇,但是有些人不愿意说是吃蛇,为他们着想,在市场上出售蛇肉的时候,就说成是'鳗肉'。乘'五月花号'到美国的最初的移民在没有其他东西可吃的时候,也吃过蛇;坐着大篷车到西部去的拓荒者们,其他东西吃光了,也吃响尾蛇;今天在佛罗里达州,响尾蛇肉还做成罐头;在非洲这块地方,有那么多的蛇,要不吃那才叫傻呢!这不原始,是平平常常的事儿。"

正菜之后的甜点就是烤小蛇,队员们咔嚓咔嚓、有滋有味地嚼着小蛇,罗杰可受不了,他宣布说他已经吃饱了,就连哈尔也很想躲开这道菜,但是他的队员们都在看着他,他只好强装笑脸,憋住那种恶心的感觉吃了一条。

回到小屋之后,哈尔在一张老式的书桌里掏出了一些旧报纸,由于年代久远,报纸已经发黄了。

"我在这儿看到过一些关于大蟒的说法——啊——在这儿,这是从一份杂志上剪下来的,《喜讯》,50 年前发表的,它提出了一些在受到大蟒袭击时的奇怪的忠告。"哈尔开始念剪报。

"记住不要跑,因为大蟒会跑得更快。应该平躺仰卧于地,双腿并拢,双手收于体侧,尽量收领,大蟒将试图把头拱到你的身子下面,试了一处又一处,要保持镇静,你只要一动,它就可以拱到你的身下,从而缠住你,最后缠杀你。

"这样过一会儿,蟒蛇无法缠住你,只有不缠杀而直接生吞你。它最有可能是从你的脚开始。这时要保持镇静,你可以让它吞下你的脚,一点儿也不会疼,但需要很长时间。

"如果你惊慌失措而挣扎的话,它就可以缠住你;如果你保持镇静,它就继续往下吞,耐心地等它一直吞到你的膝盖,这时,小心地抽出你的刀,从边上扎进它胀鼓鼓的嘴巴,尽力把它的嘴割开。"

罗杰咧嘴笑了:"我可没那么耐心——保持镇静让它一直吞到我的膝盖才动刀,我早就把它割开了!"

"对了,"哈尔说,"只是处于我们的情况,我们不能用刀割——也不能用枪打,"他拿出梯也格的枪放进书桌抽屉,锁上锁,钥匙装进自己的口袋里,"下次再碰到蟒,我们一定要活捉。"

8 罗杰的运气

罗杰很沮丧,他们失败了两次。"我在想,下次还会干出什么蠢事来。"他开始发牢骚了。

哈尔没法安慰他,因为自己也很失望。

"呃,起码,"他说,"我们已经有了3项成绩。"

"啊?是吗?说说哪3项成绩?"

"我们成功地在两天里树了3个敌人,这需要点儿本事吧?"

"什么敌人?"

"戈格是一个,梯也格是一个。"

"俩了,第三个呢?"

"梯也格打死的那条大蟒的伴侣,我们至今还没有它的消息,但可能马上就会有了。"

"你认为一条大蟒会关心它的伴侣吗?"

"当然。特别是当它在孵儿育女的时候,如果什么人敢碰一碰它的小崽儿蛇的话,它会变得很凶猛。它盘在卵的周围保护它们直至小蛇出壳,这是它天生的本能。"

"那刚才挖开蛇窝的时候,为什么没看到有大蟒蛇盘在卵周围呢?"

"可能出外捕食去了,就是大蟒也得吃东西呀,但要是它回来看到它的卵都不见了,小心着吧!它会袭击任何够得着的人或兽。"他想了想,"那将是我们捉住它的一个机会,我要派人拿个警笛守到蛇窝旁,只要看到蟒蛇出洞就吹笛,我们就去帮忙。"

罗杰说:"让我去吧!"

哈尔宽容地笑了笑。弟弟当然很有胆量,也很有力量,对于他这个年龄来说,他肌肉结实,力气也够大的,但要对付一条已经被激怒的大蟒,他还不是对手。如果人们来不及赶到,大蟒就缠住了他,怎么办?

"我看你还是不要去吧!"他说,"我跟祖卢说一声,让他挑一名队员来干这事儿。"

罗杰表示反对,"我不是一名队员吗?或者说,与一名队员差不多吗?何必另去挑一名呢?不会有什么危险的,我要做的不过是吹响警笛而已。"

哈尔不情愿地同意了,无论如何,人总是要成长的,如果不让他负起某种责任,他总也成长不了。

"去吧!给,警笛。要发现什么的话就使劲吹。"

罗杰拿上警笛,同时还拿上一卷绳子。

"带绳子干啥?"哈尔问。

"如果它出来后,队员还没赶到它就要钻进树丛,我可以用这把它套住。"

罗杰满怀信心地走了。太阳几乎已经全部落了下去,一会儿,这块林中空地就会完全被高大的树影所遮没。到那时,野兽就会出来喝水,说不定那条大蟒也会出来。

哈尔忐忑不安地看着弟弟走到了小湖的另一边,然后他找到祖卢吩咐说:"我弟弟在等着另外一条大蟒,他一发现,就会吹

8 罗杰的运气

响警笛,你们听到笛声就立刻赶去。告诉你的人!"

罗杰朝湖上看了一遍,没有发现任何迹象。他又看了看刚才挖开的蛇窝,仔细地查看了另一个洞口,看不见多深——它可能在里面,也可能不在家,而在外猎食,或者可能在寻找杀死它伴侣的仇人。

罗杰躲进了树丛中。尽管蚊子正在他身上美美地吸着血,他也还是一动不动。

森林里的居民们开始出来喝水了,第一个出来的是一头步履轻盈的羚羊,接着出来的是两头南非羚羊和一头大羚羊,然后是两只黑白相间的好看的疣猴,一直吱吱喳喳地像在讨论着什么,喝了水之后,仍吱吱喳喳地讨论着返回树林中。

来这里的并不都是森林里的动物,后来来的一位客人是一头长颈鹿,可能来自米凯诺山和卡里西姆比山之间的谷地。它的腿太长,头够不着水,只有四蹄分开地趴在地上才喝得着水。

一头经过旁边的狮子闻到了罗杰的气味,它睁大眼睛久久地注视着罗杰,轻轻地咆哮着。但是罗杰一动不动,它于是不予理会而走到水边去了。喝了水回来的时候它又停住,罗杰一动不动,狮子摇摇脑袋,好像在说:"你知道我能吃掉你,如果我想那样做的话。"然后走回了树林。

树丛又分开了,一只大猩猩一摇一摆地走了出来,罗杰心跳起来,可能是戈格。它停下看看罗杰,不,不是戈格——罗杰后来知道,没有两只猩猩会长得一个样,就像人,各人总有一点区别。这一只脸是蓝黑色,背上也没有一长条白毛。如果它身上有枪伤,它也不会这么平静。它半握起手掌开始拍打着胸膛,但它只是随随便便地拍几下而已，因为它的家人不在身旁，而且看不出那个穿着衣服的另一种"猩猩"有什么危险。所以它放下了像足球那么大的双手，用指节撑地走了。

多好的标本啊——而罗杰竟让它从手中溜掉了，他真想扔出套索把它套住，然后呢？大猩猩将扑向他把他撕成碎片。他可以吹响警笛，但猩猩比蟒蛇聪明——队员赶来之前它就会跑掉。罗杰窝了一肚子火，眼睁睁地看着上万美元从身边溜掉了。

这时候在蛇窝的另一个洞口出现了一点名堂：洞口露出了一个白鼻头。这不可能是一条蟒蛇的鼻子，非洲蟒蛇的头是黄黑色的，身子是黑棕色，上面有浅棕色花纹。

但这玩意儿是白色的，看起来，更像是一头北极熊的鼻子。这当然是荒唐的，非洲原野上哪儿来的北极熊！但那可能是什么呢？

现在整个头都出来了，罗杰从形状上认出那就是条蟒蛇的头——雪白的头顶，两只蓝色的眼睛，一条红色的舌头吐进吐出。蟒蛇的舌头并不像许多人想象的那样是一种刺，它其实是一台小型雷达。每种蛇，不管是有毒蛇还是无毒蛇都装备有这样一台雷达。罗杰完全知道这一点，但他看到蛇的舌头吐进吐出的时候，总禁不住有点儿害怕。

光闪闪的白色的蛇身又出来了五六十厘米。

该行动了，罗杰把警笛放到口中。但别忙，还不能吹，蟒蛇会感觉到声音，会逃掉的。他首先得把它套住，然后再拼命地吹吧！要扔绳圈就必须走出树丛，才有足够的地方抡胳膊。由于他的出现，蟒蛇吃了一惊，抬起了脑袋。

8 罗杰的运气

罗杰把套索悠了几下然后一甩,绳圈落下刚好套在蟒脖子上,罗杰立刻收紧绳圈。白蟒一下从洞中蹿出,使劲地扭着身子试图摆脱脖子上的绳圈。

现在该吹警笛了,正当他要把警笛放进嘴里的时候,发生了一件意想不到而又激动人心的事:那只到湖边饮水的大猩猩从湖边回来了,由于光线太暗,它没看到地上的蟒,一脚刚好踏在扭动着的白蟒身上。

立刻,愤怒的白蟒尾巴一扫,缠住了猩猩的双腿,脑袋沿着螺旋状的路线向上蹿,猩猩的双臂和身体也被紧紧地箍住了,当蟒蛇与猩猩面对面的时候,白蟒一口咬住了猩猩的肩膀。

罗杰飞速行动,他往前一跳,飞快地把绳子一圈一圈地缠在两只正在搏斗的动物身上。他本想把绳头拴在一棵树上,但他看到已经没这个必要,大猩猩的双腿已经被死死地缠住,它一步也走不了。但他怕大猩猩受不了蟒的缠勒的力量而死掉,所以他还是使劲地吹响了警笛。

立刻,小屋里一阵响动,队员们冲了出来,哈尔跑在最前边。

如果哈尔原先曾担心会看到被大蟒缠住的罗杰的话,现在他看到罗杰安安稳稳地坐在一块石头上观赏着湖光山色,他真大大地松了一口气。在罗杰的身旁像是立着一座雕像:一个毛茸茸的家伙身上缠着一条大蟒,还有一根绳子。

"你们快给它松绑,"罗杰说,"不然它就要给勒断气儿了。"

哈尔审视了那座雕像一番之后说道:"我看你用不着担心,要是其他普通的动物这个时候早就断气了。但大猩猩的胸膛结实得很，什么样的蟒蛇也不能叫它断气。"

"那么你不打算把它们分开啦？"

"是的。你把它们包扎得很好嘛，我说啊，你就是用缎带把它们当礼品来包扎，也没现在这样够意思。如果我们把它们分开，那么两个都会成为我们的麻烦，就让它们这么着吧！马利，把网拿来！"很快，绑在一起的两个动物就被装进了网里。

哈尔喊道："抓住。"但队员们谁也不上前，哈尔猜到了是什么原因。据传说，女神哈里每千年要以白蛇身形显灵一次，所以这种稀有的白蟒就显得特别神圣了。

图图说："如果我们不敬重她，她会给我们带来灾难的。"

哈尔向他保证："我们一定好好待她，谁要伤害她一定要受到惩罚。来吧，抓住。"

哈尔自己抓住靠近这个双头怪头部的网口，其他人看到哈尔已经动手，也试着把手指头伸进了网眼，由于容不下那么多人，所以只有10个人抓住了大网，一边5个。

哈尔那个科学脑袋，只要有可能，总是把事实换成数字，他估计这几个人手也就足够了。大猩猩重220千克或者多一点，白蟒90千克左右，总计300千克多一点，10个人，每人30千克左右，那其实算不了多重。

可实际上并不那么简单，因为两个家伙被放倒以后，就开始挣扎起来，白蟒松开了咬住大猩猩的口，转过来要咬哈尔，但被网挡住了。哈尔查看了大猩猩的伤口，他高兴地发现，由于大猩猩有厚密的毛以及坚硬的皮肤，所以这一口咬得不算重，连血都没流；而这一口要是咬在人的肩膀上，那伤口起码要有3厘米深。

8 罗杰的运气

他简直不相信自己会那么走运:他们最想要的两种动物竟然一次捉到,就在这网中,而且连皮几乎都没碰破,完好无损。特别是那条白蟒,非常非常珍奇;一条白蟒那稀罕的程度,简直就像在热带地方看到雪球。

那些没参加抬网的队员眼睛盯着罗杰,嘴里在用斯瓦希利语议论着什么,罗杰只听懂一点,大概是说他是好样的。突然他们一拥而上,把他抬到肩上,欢呼着朝小屋走去。

"让我下来。"罗杰喊道,这一次他们没听从他的命令,他们一直把这个非常不好意思的孩子抬到卡车旁。

哈尔吩咐打开一辆卡车上的大铁笼,大大出乎罗杰的意料,两只动物一起放进了同一个铁笼。

"绝不能放到一起。"罗杰反对说。

"为什么不?"哈尔说,"它们可以互相做伴嘛!"

"它们会打起来的,一个会把另一个杀死。"

"不会。我看不会。你已经看到,白蟒拿大猩猩没办法;而大猩猩只要它不是在保卫它的家庭,一般说来,脾气很好。我看它们实际上还需要对方呢!"

"需要对方!我的天啊!难道蟒蛇和猩猩之间有什么共同之处吗?"

"需要伙伴!"哈尔说,"一只独处的猩猩很容易由于孤独寂寞而死去,这就是为什么世界上的动物园里只有13只山地大猩猩的原因。一定得有东西来逗起它的兴趣,最好的东西就是还有另外一只大猩猩。也许我们还会抓到一只,但在那以前,白蟒可能就足以引起她的兴趣了。"

8 罗杰的运气

"她的?"

"对。两位都是夫人,所以我们必须给她们以夫人应得到的一切礼遇。第一件事就是要解掉它们身上的网。"

哈尔爬进笼子,还拴上笼门,这样他与两位新客人同处一笼,它们当中任何一位的力量都可以把他勒死。他抽出刀把网从头到尾一刀划开,两只动物还没意识到自己已经被解放,哈尔已经溜出了铁笼。它们逐渐松开箍住对方的身子,除了环境不熟悉以外,周围已经没什么东西激怒它们了。大猩猩缩到一个角落,白蟒缩到另一个角落,双方都装出一副对对方不感兴趣的样子。

"它们习惯于与对方做同居一室的伙伴,还得一段时间。"哈尔说。

它们疑虑重重地互相对视着,但已经不再感到惊慌。蟒不怕大猩猩,大猩猩也不以蟒为食,它只吃水草、树皮、笋和草。但它也不怕蟒,别看大蟒可以缠死一头狮子,可是对付大猩猩那壮实的胸膛,它毫无办法。

哈尔想,它们没理由不好好相处。

晚上兄弟俩躺在床上,谈起今天的事,都感到收获巨大,"这可得归功于你。"哈尔说。

罗杰不同意他的称赞,"我什么也没干,是它们自己抓住自己,自投罗网。这完全是运气。"

"不完全是运气,"哈尔说,"你动了脑筋,带了根绳子。而梯也格可能会带枪。大猩猩来的时候,你要是用绳圈套它,那就完了,它肯定要攻击你,还可能置你于死地;你套住了大蟒,本可以吹响警笛,如果那样,也许在我们赶到之前,大蟒已经缠住了你;

就是在大蟒被大猩猩踩了一下而把大猩猩缠住的时候，你还不吹警笛，因为它们可能分开，转而向你进攻，那就是二对一了，你就活不到现在了。你不吹笛，而是先把它俩一起绑住，这时才吹响警笛，时机掌握得很好。"

"我还是要说，这是运气，"罗杰说，"大猩猩回来得正是时候，我想把它叫作幸运夫人。"

"另一位夫人怎么称呼？"

"白雪公主。"

"太好了！"哈尔赞成道，"这样可以把它同患白化病的同类区别开来。"

"可它就是白化病呀！"

"不。白化动物一般都不是纯白色，在它们的皮上仍可看到某些斑痕。另外，白化动物的眼睛都是粉红色，但这条大蟒的眼睛是蓝色的。"

"它如果不是白化动物的话，那是什么呢？"

"一个变种。"

"什么叫变种？"

"呃，你也可以说它是畸形——一种不同于平常的形态。每个马戏团都非常想得到一些畸形的东西来使观众吃惊——一个长胡子的女人啦，一匹长着两个脑袋的马啦，任何一种观众愿出大价钱来看的东西都行。畸形的东西经常都是些样子丑陋的东西，但这一个很美，这是它另外一点吸引人的地方。"

"我敢肯定他们从来也没看到过像白雪公主那么美的蛇。"

"起码很多年没见过了。"哈尔说，"当我还是个孩子的时

8 罗杰的运气

候——那时还没你呢——有一个动物博物学家,叫赖纳,在全国各地展出一条白蟒,他叫它塞拉塔——这是一个梵语词,意思是'美人'。我记得是在洛克菲勒中心瑞士航空办事处橱窗看到的,它被放在一个周围饰有金色流苏的紫色台子上,吸引了好多的人,后来不得不派警察到那里维持交通秩序。有人出1.5万美元要买这条'美人',但赖纳拒绝了。后来有人不断地朝上加价,你想到过吗?你的白雪公主起码值2万美元,另外,大猩猩值1万美元,今天收获很大呢!"

对于家庭经济状况的改善,罗杰试图显露出一点适当的高兴,但一想到要与两个新朋友分手,他不免又有点儿伤心。他与野兽有一种缘分——它们信任他,也容易被他驯服。如果你不能保护朋友,那交朋友干什么呢?

睡觉之前,罗杰拿起手电筒溜了出去,他想看看两位客人过得怎么样。他没想到,他竟然看到白雪公主就蜷伏在幸运夫人的身旁。幸运夫人躺在地上,它的长毛几乎将冷血的白雪公主整个儿盖住了。

它们会相处得很好的。

9

大屠杀

罗杰捉到大猩猩和白蟒,似乎应该是以后成功的预兆。

可是相反,这一切反而成了一连串麻烦的开端。

一切都不对劲。罗杰一早就钻出小屋,他想看看两位客人在干什么,可是他发现有人或者说有东西撬过笼上的锁。锁还是锁住的,但已经扭坏了。如果夜再长一点,或者工具强一点,罗杰现在看到的就是一只空铁笼了。

祖卢也出来了,罗杰叫住他:"瞧这儿!"祖卢仔细地看了看锁。

"你看是用什么东西弄的?"罗杰问道,"锤子,还是钳子?"

"我们应该听到敲打的声音呀!一定是用钳子干的,但看上去又像是用牙咬的。"

罗杰瞪大两眼说:"这真是异想天开,是吧?"

祖卢咧嘴一笑:"异想天开!但请看,在两侧可看到咬痕,是弧形的,正如牙齿所咬的一样,任何钳子都不会留下弧形的咬痕。"

"可牙齿怎么可能在铁上咬出坑来呢?"罗杰反驳道,"没有人有那么厉害的牙齿。这是把铁锁啊!"

祖卢摇摇头说:"仅仅从现象看是这样,但我也解释不了,我想象不出是谁或是什么东西干的。鬣狗可以嚼烂一只洋铁罐,但一把铁锁它也咬不动;狮子和豹子的牙倒是很厉害,但它们对金属一

9 大屠杀

类的东西不会有胃口。"

哈尔也出来了,来到两位大侦探跟前,他们俩都不作声,等着哈尔发表意见。他先仔细地看了看锁,然后把上下左右的铁栅栏都看了一遍。

"这是相当聪明的东西干的,"他说,"如果是一般的动物,比如说犀牛吧,它只会漫无目标地瞎撞,只要撞破就行。但你们看,除了这把锁之外,其他地方一点痕迹也没有。不管是什么东西干的,它一定是在树林子里看着我们怎样把两只动物关进笼子的,看到我们上锁,它就明白,如果想打开笼子的话,这是需要对付的东西。"

"那么你认为这是动物干的了?"罗杰问道。

"我没那么说,我只是说,如果是动物的话,一定是一种聪明的动物。但也可能是一个不太聪明的人干的,用的是不顶事的工具。"

祖卢皱起眉头说:"你是在暗示,可能是我的某个队员干的?"

"不,我不是这个意思。我对我们的狩猎队有充分的信任。"

"但这附近一带没有其他的人。"

"他们可能比你们想象的要近,不要忘了杀害戈格一家的那伙人。"

"他们干吗要跟我们作对?"

"他们可能在追捕戈格,但梯也格用枪伤了它,这样即使抓到戈格也卖不掉了,他们因此而恨我们。后来你抓了那只母猩猩,这一带没有多少大猩猩可猎捕,而我们破坏了他们的两次机会,我们只要有可能还会破坏他们更多的机会——他们清楚这一点。也许正因为如此,他们决定采用一种省事的办法:让我们千辛万苦地抓来野兽,然后他们来偷。我还不太清楚,这仅仅是猜测。"

梯也格出现了,一只手捻着他的黄胡子。"还有另一个可能性,"哈尔说,"祖卢,对你的人什么也别说,但我要你注意梯也格。地区长官曾对我们说过他是个穷光蛋,价值3万美元的两件标本,很有吸引力呢!听着,我不是指控就是他干的,我只要你留心他就行了。"

急急忙忙地吃过早饭,哈尔、罗杰连同梯也格以及20名队员出发到森林中,再做一次侦察,看看能否找到那一伙作对的坏蛋。另外10名队员留守营地,照顾幸运夫人和白雪公主。

他们意外地在戈格一家被杀害的地方又看到了戈格,由于他们是顶着风前进的,戈格没发现他们,它光顾自己沉思去了。

那天它用树枝和树叶把它的妻儿的尸体深深地埋了起来,现在它就坐在坟墓旁,低着头前后摇晃着发出低沉的哀号。

罗杰悄悄地说:"真没想到它会那么思念。""它们会的,"哈尔说,"很奇怪,这样一个看起来粗野的野兽,竟然也那么重感情。这只能说明,你不能凭外表来判断事物。在动物园里,人们发现,对大猩猩必须得温柔,它的感情很容易受到伤害。你不能用打的办法来惩罚一只豢养的大猩猩,这倒不是因为怕伤着它,而是这样做之后,大猩猩可能会忧郁而死。"

"但有时它们也得受惩罚呀,你说是吧?"

"当然,不过你只要稍稍提高一下嗓门,它就知道是在挨骂了,甚至还不需要这样,你只要轻轻地把它推开,它就知道你生气了。但你必须很快就要安抚它,不然它真会生病的。"

9 大屠杀

"我真为那个大家伙难过，"罗杰说，"你看要是我走过去想法安慰它，它会怎么样？"

"我看它会把你的脑袋拧下来，不要忘了，它仍然把它的一切不幸都归罪于我们。"

他扭转身走回队员们中间，但一脚刚好踩在一根枯枝上，啪的一声枯枝断了，戈格一下跳了起来，它拨开树丛跑上前来。"站住别动！"哈尔喊道。

这一回站住也没用了。当戈格发现这些人后，刚刚还那么悲伤温柔的脸一下子就气歪了，就像它的脑袋里的一根导火索被点着了。它的眼睛在深凹的眼窝里瞪得又圆又大；张开的大嘴发出一阵阵震耳欲聋的哇、哇、哇的叫声。兄弟俩的脊背上感到一阵阵的凉气。

戈格连根拔起了一棵小树，一手拍打着胸膛，一手挥舞着小树，一摇一摆朝他们冲了过来。

兄弟俩把遇到大猩猩袭击时该遵守的原则早就抛到九霄云外去了，他们放开腿拼命奔逃。他们知道，这头野兽不仅仅是愤怒，它现在一心要杀人报复。很巧，戈格的小树被树丛卡住了，等它把小树拉出来的时候，它的敌人已经跑得无影无踪了。

"我们应该带上网。"罗杰说。他想起了要抓住戈格，帮它取出那颗折磨它的子弹的计划。现在遇上了这么个机会，却没有准备，反而给这只愤怒的野兽吓了个灵魂出窍。

"我们怎么知道会碰上戈格？"哈尔说，"我们今天早上出来，本来就不是为了猎捕猩猩，而是要寻找那些坏蛋。祖卢，发现什么踪迹没有？"

"地面太硬，什么也看不出来。"祖卢说。

半个小时之后，是他们的鼻子，而不是眼睛，发现了一些重要的线索。

从远处飘来了一股难闻的气味，一股死尸腐肉的味儿，祖卢站住不走了。他像动物那样吸着鼻子嗅着，然后用手一指说："那一边。"他们穿过一片灌木林，来到一片蕨类植物林中。这地方的气候，使得蕨都长到六七米高。在这儿，那味更浓了。穿过蕨林就是一块空地。

他们终于找到了，但却是猩猩，而不是匪徒。是死猩猩，一群秃鹰冲天而起，正在撕扯尸体的一群豺猖然跑进了树林子。

这里不止一家猩猩，而是一族。哈尔数了一下，成年大猩猩，雄性雌性一共60只。据估计，维龙加火山地区大约生活着400只大猩猩，现在一下被杀掉60只，这是件很严重的事。

没有小猩猩的尸体，肯定是被带走了。匪徒们并不都能安然无恙地逃跑，地上躺着两具非洲人的尸体。

罗杰拾到一个小笔记本，他递给哈尔看，上面写满了字，这些字迹潦草的笔记是用英语记的。

"好像是记账用的，记着在哪儿进行猎捕，猎物的数目，装运开支，收入多少美元或英镑。扉页这儿还有个名字，像是詹·詹·尼罗。"

罗杰扫视了一眼满是猩猩尸体的空地，问道："你看是他指使干的吗？"

"非常可能。我希望有机会当面把这个笔记本交给尼罗先生。"

"然后呢？"

9 大屠杀

"请他下山去见地方当局。我敢打赌,他这样做绝对没有取得当局的许可证。他应该去坐班房。"

"如果他被关进监狱的话,是否就可以制止住这种杀戮呢?"

"可能。匪徒们不会是为了寻开心才来杀大猩猩的,如果再没有人付钱给他们,为什么还要继续干下去呢?没钱就不干嘛!"

"瞧,"罗杰说,"有两只活的小崽子。"

两只幼崽原来躺在它们死去的妈妈身旁,没人看见它们,现在一只坐了起来,另一只爬上了妈妈的胸膛。它用两只小手使劲地扯着妈妈胸口上的长毛,但妈妈一动也不动。它悲伤地四处张望,一声不响。如果是一只黑猩猩的话可能会吱吱喳喳地喊叫,但大猩猩的嘴不像黑猩猩那么碎,而且猩猩幼崽是不会哭的婴孩。

"看着真可怜,"罗杰说,"而且它们一定也饿了,你看它们会让我把它们抱走吗?"

"如果有谁能做到这一点的话,那就是你。你与小崽子们很有缘分,我不知道为什么,我想,你自己就有一点像小崽子。"

"谢谢你的恭维。"罗杰说完就在尸体当中挑着路走到猩猩幼崽跟前,他站在那儿望着它们,它们也望着他,没有显出任何不安,它们太小了,还不知道人是多么危险的动物。

罗杰弯下腰,它们认真地看着他,待了一会儿,罗杰伸出手,他把手平伸在两只猩猩幼崽之间,这样它俩都能来嗅嗅它。他开始用一种低沉的声音说起话来,他话中的意思它们当然是听不懂的,但那种声音里的温柔它们是懂的。他慢慢地抬起手拍了拍一只小猩猩,然后又拍另一只,它们好像很喜欢这样。

但他知道,他还不能操之过急。他不是立刻将它们抱上,而是慢慢站起身走开。他转过头去一看，两只小猩猩正紧紧地跟在他脚后头呢！

从现在起，他就被认为是它们的妈妈了。

他弯下腰，其中一只一摇一晃地爬上了他的肩膀，他把另一只也抱到了手上。

"干得漂亮。"哈尔说。

10 蜂蜜鸟

哈尔把拾到的笔记本拿给祖卢看,问道:"你看我们在哪儿可以找到这位尼罗?"

"他们那一伙今天可能会在卡拉村,"祖卢说,"我的一个守望员带信来说,那里今天要为他们的新头人举行一个大仪式。"

"我们去看看。"哈尔说。

梯也格噘起了嘴,满脸的不高兴。他本来被认为是这次狩猎的向导,可现在是祖卢在给这一行人带路。他感到自己受到冷落。他必须维护自己的形象,他得做件事让这些人知道:他是个了不起的人物——他了解这块丛林。

然而当他碰见一只蜂蜜鸟的时候,他却认不得。那只小鸟站在一根树枝上,拍着翅膀叽叽喳喳地大声叫着。

"它是想吸引我们的注意,"哈尔说,"如果我们跟着它走的话,就可以找到蜂蜜,但我们现在没时间。"

梯也格看到显示他了不起的机会来了。他说:"花这点时间值得!我们都喜欢蜂蜜。我跟着它去,给你们把蜂蜜取来,然后到村子里碰头。"

在非洲,人人都知道这种蜂蜜鸟,就是梯也格也曾听说过蜂蜜鸟,虽然他还从来没有真正见过一只。有时人们叫它蜂蜜向导。它很喜欢吃野蜂蜜,但又怕被蜂蜇。所以它要引人去,希望人能把蜂

61

巢拿下来，赶跑野蜂，取下蜂蜜。但要记住，留下一点蜂蜜给这位向导。这一点很重要，因为它一心一意引路为的就是蜂蜜。蜂蜜鸟还有一点不寻常的地方：如果不给它留下蜂蜜的话，它总要想办法报复。许多猎人都吃过它的苦头：这只生气的蜂蜜鸟还要来给你做向导——但这一回不是引你到蜂巢，而是引向大蟒、狮子、豹子或者其他危险的动物的窝，叫你挨咬、挨抓或者挨刺。

有那么一些人，例如梯也格这样的人，他们还没好好地研究一下蜂蜜鸟的习性，就不相信会有这种事。他们认为这种人与鸟之间的合作关系太奇怪，不会是真的。这种两类不同动物之间的合作共生现象在自然界并不是绝无仅有的。

犀牛同白鹭就是好朋友，鸟站在兽身上啄食使兽不得安宁的虫子；吃虱鸟也是这样帮野牛的忙，它啄食可以钻到野牛皮里去的扁虱；鳄鱼鸟毫无畏惧地钻到鳄鱼张开的大嘴里，从鳄鱼牙齿缝里叼食肉渣子，它还帮鳄鱼吃掉身上的蚂蟥，鳄鱼是种脾气暴躁的动物，但它对这种鸟却很友好；一条小鱼在海葵的手臂之间游来游去，那些海葵身上布满了毒刺，但这条小鱼不会被蜇，因为它是海葵的好朋友和助手，小鱼引诱大鱼冲过来吞食它，但立刻被海葵蜇中而麻痹，最后被海葵吃掉。

还有好几十种梯也格根本不知道的这种共生互助的例子。

那只棕色羽毛、黄色尾巴的蜂蜜鸟一边叽叽喳喳叫个不停，一边拍打着翅膀朝前飞，梯也格就在后面跟着。梯也格跟不上的时候，它就耐心地等着，等到梯也格赶上来，它又叽叽喳喳地朝前飞。

不久，梯也格发现并不止他一个在跟着这只蜂蜜鸟向导，另一个是一只野兽，约80厘米长，30厘米高，长着尖利的爪子，

10 蜂蜜鸟

这是一头獾,有名的蜜獾子。它也爱吃蜂蜜,蜜獾子与蜂蜜向导是很喜欢合作共事的。梯也格着急了,他不能让这只野兽抢在他的前头享用这顿蜂蜜的盛宴。

现在蜂蜜鸟已经停止朝前飞了,它绕着一根挂着个大蜂巢的树枝转圈。梯也格咂了一下嘴唇,一切将会很顺利,这棵树不难爬。他抱着树干朝上爬,然后爬到树枝上。

蜜蜂不是傻瓜,它们看到梯也格朝上爬就准备战斗了。当他来到离巢约一米远的时候,蜜蜂一拥而上,蜇他的脖子、鼻子、两颊和手臂,梯也格想用手把蜂赶开,一松手掉了下来。他真倒霉,刚好砸在蜜獾子身上,蜜獾子立刻在他腿上咬了一口。这种动物打起架来非常凶猛,比它大10倍的对手它也敢较量。它的利爪已经在梯也格的衣服上撕开了好几道口子,梯也格拼命挣脱,拔腿便跑。后来他发现蜜獾子并没来追他方才停了下来。蜜獾子正朝树上爬呢!

梯也格高兴起来了,就好像这一切都是他安排好似的。还有什么比这更美的事儿呢?蜜獾子摘蜂窝,而他梯也格将得到蜂蜜,他认为他还是相当精明的。

成群的蜜蜂围着蜜獾子,但它们的刺对它一点不起作用,它坚硬的皮就像一副盔甲。它伸出爪子一下把蜂巢打落到地上。蜜蜂围着地上的蜂巢不散去,因为这曾经是它们的家呀!

把蜂巢捡起来就很容易了,只要把蜂巢里面的巢脾拿出来就有蜂蜜吃了,先款待一下自己,然后把其他的拿到村子里,给每人分一小点,让大家都知道,他梯也格是多么精明能干的一个人啊!

但是蜜獾子已经把巢脾扯开,正吃着里面甜甜的蜂蜜。蜂蜜鸟在拍打着翅膀等着轮到它；梯也格也在等，他看到蜜獾子把整个巢脾撕成了一小块一小块的时候，他的心沉下去了：不会剩下多少可以带到村子里去了。

蜜獾子终于停住了，它向上望了望蜂蜜鸟，似乎在说："现在该你了！"然后心满意足地跑走了。

蜂蜜鸟刚飞下来立刻就被梯也格轰跑了。他现在怎么办呢？他不能吃野兽吃剩的东西，而且剩下的也被撕扯得七零八落，还沾上了土，对一只鸟来说还不错，可人谁会吃这个呢？

梯也格越想越火，他发蜜獾子的火，更发蜂蜜鸟的火，是它把他引到这儿来干这蠢事的，他不能让这只鸟就这么美餐一顿。他怒气冲天地把每一块蜂巢都深深踩到土里，然后又得意扬扬地站到一旁，看看你这只鸟怎么办。

蜂蜜鸟飞下来啄了一阵，什么也吃不到了，它只好又飞到树上。有那么一会儿，它一声不响，用一只眼睛打量着梯也格。梯也格感到非常得意，只要能作弄别人或者别的东西，哪怕是一只鸟，他都感到非常高兴。

过了一会儿，小鸟又开始活跃起来了，又开始拍起翅膀，又开始叽叽喳喳地叫开了。它从一棵树飞到另一棵树，越叫越起劲，翅膀也越拍越起劲。

那么，这是又一次"跟我来"，梯也格想。这只鸟会把他领到另一个蜂巢去，这一回再不会有蜜獾子从中捣乱了。

他跟着鸟从一棵树到另一棵树，最后来到了一截中空的树桩跟前，小鸟开始绕着树桩转圈子，就像先前绕着那根树枝转圈一样。

10 蜂蜜鸟

蜂巢一定在洞里。周围的树投下了很浓的阴影,梯也格无法看清洞内有些什么,但他注意到了周围没有蜜蜂。很好——也许蜜蜂都出去采蜜了,蜂巢没有蜜蜂守卫。这一回,他只需要手伸到洞里把整个蜂巢拿出来,然后完整地带到村子里就行了。

他把手伸到洞里,立刻被一种很尖的牙咬住了,他拉出手,咬着他手的东西也吊在手上给一起拉了出来。

这是一只猫一样的动物,身上有同豹子一样的斑,但比豹子小,脸是黑色。一出洞口它就往梯也格身上喷了一股极其难闻的水雾,那臭劲足可以把一只臭鼬熏倒。梯也格来回甩手想甩掉这只猫,不但甩不掉,反而惹得那东西喷出更多的臭水,使他从头到脚都浸透了这股臭东西。

这是麝猫的一种自卫方法。所有的野兽,不论大小,都知道麝猫是惹不得的东西,那股臭气就像浓烈的氨气,可以把任何闻到这股气味的动物的鼻孔烧坏。真是奇妙极了,这种东西竟是做香水的原料,当然在制作过程中,它的气味完全改变了。但当它处于原始状态时,没有什么东西比它更难闻了。如果一只猴子沾上了臭气,其他的猴子就不会与它来往,而且,很遗憾,这股臭味还很持久,既无法擦掉也无法洗掉。

麝猫晚上出来找吃的,白天就躲在黑暗的洞里睡觉。这个树洞就是这只麝猫的可爱的家,谁要打扰了它,它就会怒气冲天。现在它狠狠地咬了梯也格一口,并把它的臭水喷得一滴不剩之后,才松开口,缩回洞里,最后发出几声低沉沙哑的咳嗽,好像连自己也受不了那臭味儿似的。

11

填满盐的狒狒

为了寻找屠杀 60 只大猩猩的匪徒,哈尔和他的队员们进入了卡拉村。

这是一个贫穷的村子,房屋矮小没窗户,墙是用泥糊的,房顶是纸莎草编的——古埃及人就是用这种草造出了纸。

村民看上去不太健康,但情绪很好,因为今天他们要欢庆选出一个新的村长,并举行一个隆重的仪式。在仪式上,现年 80 岁的老村长将把权力移交给他的儿子。

但是现在这位老人还是村长,所以哈尔问了路来到他的房子。哈尔发现,这位杰出的老人具有一位头人所应有的优秀品质,除了身材枯瘦,因为他一辈子也没吃饱过。

哈尔先用英语客气地问候了这位老人,由祖卢翻译成斯瓦希利语,然后哈尔问道:"您认识一位叫尼罗的人吗,猎大猩猩的?"

"是的,认识。"

"今天他会来这儿吗?"

"希望不。他在这个村子不受欢迎。"

"我们希望他会来,"哈尔说,"我们想请他与我们一道去见警察,解释一下他为什么不经允许而屠杀大猩猩。"

"好,"村长说,"他杀了我们的人应该受到惩罚。"

11 填满盐的狒狒

"你们的人?你的村民?"

"不,是我们树林里的邻居,不会说话的部族。"

哈尔迷惑不解。祖卢解释道:"他是指大猩猩。许多村子都不相信大猩猩是野兽,他们说大猩猩是失去了说话能力的人。"

哈尔对此不做任何评价,他宁愿让这位老人相信他所相信的东西。他不得不承认,大猩猩比起他所认识的某些人来更像人。

"你们与这些树林里的部族之间有过麻烦吗?"

"从没有过。只要我们不打扰他们,他们从不找我们的麻烦。"

哈尔朝村子周围的园子望去,说:"但我看到他们的一些人正在偷你们的蔬菜。"

"不是,不是,"村长说,"那些不是树林里的邻居,那些是狒狒。它们是野兽,它们给我们找了好多麻烦。它们偷我们的粮食,而我们则挨饿。现在我们不仅挨饿,还受渴。"

"你们有水井啊!"

"全干了。"村长难过地说。

哈尔竭力回想他曾经在书上看到过的有关狒狒与水的一些说法。这种动物并不需要很多的水,通常它们靠吃绿色植物就可取得所需要的水分,但它们有一种罕见的寻找地下水的本领。如果它们口非常渴的话,它们就会找到地下水,还会挖坑取水。但是怎样才能叫一只狒狒口渴到挖坑找水的地步呢?

"你们有盐吗?"

"盐,我们倒是有。但盐只能使我们渴得更厉害。"

"那么盐也可以使一只狒狒口渴,"哈尔解释说,"也许,叫它渴极了,它就会在你们的菜园里给你们挖出口井来,我不敢保证会成功,但你们愿意让我们试一试吗?"

老人庄重地点点头,但看来他对这个试验不抱什么希望。"对你的想法我们表示感谢,"他说,"试一试也不会有什么坏处。"

"我们要根绳子。"哈尔说。

村长叫他的一个妻子取来一根绳子,其实是一根藤,不过也行。

哈尔把他的队员集合起来吩咐道:"抓一只最大的最强壮的狒狒带到这儿来。"

队员们并不明白为什么要抓狒狒,他们来到菜园,狒狒们并不逃跑,它们是灵长目中最大胆的动物,当队员们围过来的时候,它们仍把连根拔出的菜放进口中大嚼特嚼。

与此同时,村长的另一个妻子拿出一大瓢盐,不是市场上卖的那种白花花的盐,而是从森林中盐土上刮下来的盐。但也可以用。

一只狒狒被抓来了。"好,放下,"哈尔说,"把它仰卧在地上,用那根棍撬开它的嘴,把它的手脚抓住。"狒狒拼命挣扎,但它要对付的东西太强大了。哈尔开始朝它的嘴里塞进盐,这样做的时候,哈尔心里不免有点儿内疚,不过,这个家伙也该为破坏菜园受点惩罚吧!直到把一瓢盐全部塞进了狒狒肚子,哈尔才住手。

"好啦,放开它。"

要是别的动物也许就直接跑进树林子里去了,但这只狒狒又

11　填满盐的狒狒

回到菜园里其他狒狒中间，还转过身朝刚才折磨它的那些人做鬼脸呢！哈尔不知道要多长时间那些盐才起作用，也许试验会完全失败。那只狒狒现在绷着脸坐在那儿，它什么也不吃，因为肚子已经被盐填满了。

哈尔一边等待着一边想：当它渴极了，它也可能会走到森林中去，也许走出好多里之外才开始找水挖坑。但哈尔又想，不会这样。因为一只狒狒极少可能单独离开群体，而且森林里的土有很多树根，挖起来非常困难。而菜园里的土又松又软，既没有树根也没有石头。

差不多一个小时之后，那只狒狒站起来了，开始四处张望，然后低着脑袋这儿走走，那儿逛逛，它是在靠它的神秘的本能在找水。大象、犀牛、狒狒以及很多动物都有这种神秘的寻找地下水的本能。

现在它停下不再转悠了，并开始挖土，它的大巴掌就像两把好使的铲子。不久它还得到其他伙伴的帮助，狒狒有一种强烈的集体合作的特性，在这一点上它们与其他动物大不相同，比如说鬣狗之间就很少合作，总是单干。如果一只狒狒，特别是一只当头的狒狒，开始干起一件什么事儿的话，其他的狒狒立刻就上来帮忙。

现在有几十只狒狒的手在挖坑，坑越来越深，它们挖呀挖呀，一直挖了大约3米多深的时候，水开始往外渗了。水很浑，但那只填满盐的狒狒已经等不及了，它埋头美美地喝了一气。

村民们拿着葫芦跑出来了，他们爬下陡斜的井坡去取水，水现在已经有差不多60厘米深。

老村长感谢哈尔,村民们则盯着他,以为他一定有魔法。

只是这口井也带来了麻烦——它引来了更多的狒狒。不一会儿,狒狒的数量已经比刚才多了一倍,它们一边吃菜一边喝水。村民们敲着葫芦和铁锅想把它们吓跑,但狒狒可不是那么容易吓的。相反,它们还跑上前来咬人们的腿,菜地里的一个稻草人也给它们扯碎了,这本来是用来吓它们的。稻草人可以吓住很多动物,可对狒狒不起作用。村民们只好望着哈尔了。但这一回巫师的魔法失效了,哈尔也不知道该如何应付这个局面。

援兵来自一个完全料想不到的方面,那就是伟大的安德烈·梯也格!他将在最关键的时刻来到,挽救了卡拉村的菜园,事情才得以收场。

11 填满盐的狒狒

12

身上有斑纹的猫

村里巨大的木鼓已经擂响，新村长接任老村长的仪式就要开始。村民们离开了菜园，集中在村子中央的一块空地上。

老村长做了一个长长的美妙的演说，听他讲话的村民眼里涌出了泪水。他们热爱他，为他的退位而难过；但当他的儿子站到他们面前的时候，他们以一阵热烈的敲击葫芦和锅子的响声来欢迎这位新的领袖。他讲了话，话简短而谦虚，他赞扬了他父亲在过去岁月里的业绩，他许诺利用他的权力尽可能把他父亲的工作发扬光大。

他讲得简短是有充分原因的：他的话被梯也格的到来打断了。

哈尔的队员们看到梯也格没带回蜂蜜，感到很失望；而村民们则对这位大块头的模样感到惊奇，他那茂密的黄胡子，白鹦鹉冠毛状的头发，以及那只玻璃眼睛。

但他们感觉最强烈的是一股刺鼻的气味，那气味就像要烧坏鼻孔、在脑袋里点起一把火似的呛人。离梯也格近的人发觉这股恶臭是从这个大块头那又破又脏的衣服上发出的，他们连忙躲开，就像躲开一个得了瘟疫的人似的。他们捂着鼻子，但总得呼吸，一呼吸，几乎就要被那股恶臭所窒息。

他们指望哈尔能想出办法，但哈尔也无计可施。他们转向他

12 身上有斑纹的猫

们的新头人,这就成了他当这个村的首领以来的第一个难题了。这是个考验,他必须想办法,要是他成功了,他就会受到尊敬;要是他失败了,他就要背着一个失败的污点开始他的统治。还有一个更为紧迫的问题也等着他解决——如何赶跑狒狒保住菜园。

这位年轻的头人为情势所迫,不得不向梯也格走去,但他来到离他 3 米左右的地方时,他停下了,就好像碰到了一堵墙——一堵看不见的令人作呕的气墙,他一步也前进不了。他无能为力地向周围望了望,他知道他在他的村民面前显得很可怜。

"我真希望我们能帮他的忙!"哈尔说。

"我想我可以帮他的忙。"罗杰说。

"是吗?你要能就上吧!"哈尔对他弟弟的勇气感到很开心。

罗杰叫来祖卢,对他说:"我想与村长谈谈——私下——在他的房子里。你能翻译吗?"

祖卢微笑着点点头。对这个 14 岁的孩子要与村长进行一次私下的谈话,他一点都不感到惊奇。罗杰一个人一次就抓到一只大猩猩和一条大蟒已经赢得了他的队员们的尊敬和佩服。

祖卢把罗杰介绍给村长。村长以奇怪的目光看了看罗杰,他有点不耐烦,因为现在要他操心的事重要得多,顾不上这么一个孩子。他不乐意地答应了罗杰的要求,三个人一起进了他的房,关上了门。

"什么事?说吧!"年轻的头人问道,"我不能给你太多的时间。"

大约 15 分钟以后,他们出来了,头人手里拿着一条毯子,他走到梯也格跟前约 3 米远的地方,把毯子扔给了他。

"脱下你的衣服，"他命令道，"披上毯子！"

梯也格瞪着他："我不！"

哈尔说："梯也格先生，请按他说的办吧！"

梯也格阴沉着脸扯过毯子披在身上，然后从身上脱下他那身破衣服。

村长说："现在你把衣服拿到菜园里给稻草人穿上。"

梯也格从成群的狒狒中间穿过，村民们跟在后面，看着梯也格把衣服穿在稻草人身上。

立刻，狒狒中间出现了骚动，它们不再吃东西，开始露出很不舒服的样子。它们的嗅觉比人灵敏，因此这股可怕的气味对它们来说就更加难受。麝猫就用这个武器来对付从狒狒到大象的一切敌人。

一阵愤怒的吱吱哇哇之后，狒狒全部返回森林了。

村民们爆发出一阵笑声，大家都感到松了一口气，他们的新首领到底是个聪明能干的人物。

"你从哪儿沾来这股味儿？"罗杰问梯也格。梯也格说了一遍那个地方，那根空心树桩以及那只喷臭气的猫。

"对，对，"村长说，"我知道那个地方，我也知道那只带斑点的猫。这里的气味不会永远保持下去，待它消失之后，我们再到那个地方找带斑点的猫要一点回来。"

村民们跳起舞，欢呼他们的新首领：虽然年轻，但充满了智慧。村里的巫师领着人们唱起赞美的歌，他上任的头一天就赶跑了骚扰他们多年的狒狒，真是个了不起的人。

罗杰看到事情如此发展，他感到很满意，他不想要那份功

12 身上有斑纹的猫

劳,倒不是他不喜欢荣誉,他是想,对于一个年轻人来说,接管一个由他父亲统治很长时间的村子,十分艰难。在这个时候他需要得到一切有助于树立他的威信的荣誉。

可是,尼罗呢?那天杀害了60只大猩猩,为的是抢到它们的小崽的那伙匪帮的头头。

没能找到这个家伙,哈尔表示失望,他对老村长说:"我真想当面告诉他,我是如何看他的。"

"他原先在这儿,"老村长说,"但一看到你们来,他就走了。"

"你为什么不早告诉我呢?"

"因为我不想在我儿子接任头人的这一天发生任何战斗。"

哈尔能理解这一点,他说:"也许,你是对的。我总有一天要见到他。"

"那除非是他抓到了你,"老人说,"他会毫不犹豫地以对付我们森林中的60个朋友的手段来对付你,提防着他吧!"

一回到营地,第一件事就是喂幸运夫人、白雪公主以及两只猩猩幼崽,两个小崽子还要爬上罗杰的肩头。

"那辆大卡车上有个笼子,大小正适合它俩。"

但是这两名孤儿一被放进笼子就开始呜咽起来。

"它们要妈妈,就是你!"哈尔说。

"你想暗示,我也是头大猩猩?"罗杰说。

哈尔仔细地把他从头到脚打量了一遍之后说:"嗯,要照我看来嘛,你不像。你骗不过那两只小崽子,它们看到猩猩会认出来的。"

罗杰哈哈大笑："你说得不错，我不在乎做一只大猩猩，它们的行为比我认识的某些人还要好些。"

他回到笼子跟前把笼子打开，两只小猩猩立刻摇摇摆摆地跑出来爬上他的肩头，"我们把它们带回房间跟我们住在一起吧！"

"我们的房间可不是动物园。"哈尔表示反对。

"有4只猩猩在里面，它就会成动物园的。"

"4只？"

"当然了，你说我是一只大猩猩——而你是我哥哥，是吧？"

4只猩猩进了小房，由于傍晚的寒意，两只猩猩幼崽有点发抖，罗杰把它们塞进了自己的被子，两只小崽紧紧地抱住枕头，就像刚才抱着罗杰的肩头那样，像它们这样孤苦伶仃的小东西，一定得有个什么东西让它们抱住才行。

"猩猩喜欢水果，"罗杰说，"我到供应车上给它们弄一点来。"

哈尔拦住他说："我看它们还没长到能吃水果的年龄，吃水果它们会肚子痛的，也许还会得痢疾。到它们再长大一点，可以吃些捣碎了的香蕉、竹笋、野芹菜之类的东西。"

"但它们不能等到长大了才吃东西呀，现在它们吃什么？"

"也许，麦芽，但就连麦芽也可能让它们闹病，它们最需要的是母亲的奶。既然它们已经把你认作了母亲，就该由你来给它们喂奶了！"

"你以为我办不到吗？等着瞧吧！"

罗杰离开房间，来到装着白雪公主和幸运夫人的笼车。他开始用一种低沉平静的语调跟幸运夫人说起话来，而那只大猩猩则

12　身上有斑纹的猫

朝他咆哮，用双手使劲地拍打地板。

天越来越冷，罗杰跟幸运夫人说了半个小时之后，试着把手从两根铁栅栏之间伸进笼子，但又不碰着它。猩猩一开始朝后缩了一下，然后疑虑重重地嗅嗅他的手。又过了几分钟之后，他把手一直伸到它的脸跟前。

突然它张开大口咬住了罗杰的手，罗杰抵制着要抽回手的本能，他让手搁在它尖利的牙齿之间，并且继续平静地跟它说话，它的牙齿最终都没有使劲咬下来。

这时有些队员站在附近看着这场别开生面的表演。在这之前，他们已经看到过罗杰如何与野兽打交道，所以他们并不担心他会受到伤害。尽管如此，他们还是准备一旦他需要就立刻上来帮忙。

幸运夫人的牙齿松开了，罗杰慢慢地抽出手，但仍伸在它的牙齿前面，如果它想咬的话它仍然可以咬得到。

又过了几分钟，罗杰慢慢地把手伸到它的脖子上。它像是并不留意这一行动，罗杰开始抚摸它的头和后脑勺，这位夫人没表示出它喜欢这样，但很明显，它并非不喜欢。

罗杰绕到笼子前边，他跟那些队员说："站在附近，防着它想逃跑。"他打开笼门，进到笼内，然后关上笼门。

大猩猩挺直了身子，用手拍打着胸膛，警告这位入侵者要注意自己的行为。但如果说这是它生气的表示，那这个动作还太斯文了一点，很明显，它并没真正生气，仅仅是有点不安而已。

白雪公主蜷伏在一旁，罗杰轻轻地挪动脚步，以免打扰了它。他打开笼门，站在门当中，幸运夫人朝门口走来的时候，他不但不阻止它，反而往旁边让开一步，让它出去。它犹豫了，出去还是不出去？罗杰抓住它毛茸茸的大手把它领出了笼子。队员们围成一圈，但并不上前。

他把猩猩领到小房门口，进了门来到他们的房间，然后关上房间门。

哈尔这时已经躺在床上快睡着了，突然惊醒，一下坐了起来，看到离他的脸不到 10 厘米的地方是一张大猩猩的黑面孔。开始他还以为自己在做梦，梦见弟弟变成了大猩猩，这张脸就是罗杰的脸，而后他滚下床缩到房间那一头的角落里。

"不要害怕，"罗杰说，"它是一位地道的夫人，而且我希望它还是一位好母亲。"

这时候，幸运夫人已经注意到了床上的两只猩猩幼崽，它慢慢地走了过去，看到 4 只期待的、饥饿的眼睛正盯着它。

会成功吗？哈尔和罗杰都知道，成年大猩猩爱所有的猩猩幼崽，不管是不是自己的孩子。实际上，亲生母亲经常为了赶跑那些爱抚自己孩子的叔叔阿姨，不得不与它们发生矛盾。罗杰就是把希望寄托在大猩猩的这一天性上。

他成功了！两个小崽子已经钻进这位继母的怀抱，它把它们紧紧地搂住，立刻响起了吮吸的啜啜声。好了，两只小崽有奶吃了，喂养的问题解决了。

哈尔微笑地看着，"好吧，我服了你。这一下你真把房间变成动物园了。"

"啊，还没完呢！"罗杰说，"我还要把白雪公主也带到这儿来。"

12 身上有斑纹的猫

"别,别弄这儿来。"哈尔喊了起来。

"那放到哪儿呢?昨晚差点就被人偷走了,昨晚咬锁的那东西,不管是人是兽,今晚上还可能来。"

"但你想到过吗?"哈尔说,"再没有什么东西比这两只小崽更适合一条大蟒的胃口了?"

"哎呀,我真没想到这一点。"罗杰承认。

这是个新问题。这一回是哈尔解决了这个难题。

13

填食枪

哈尔叫来了马利,他是白天留下来负责保护幸运夫人和白雪公主的那10个人的老大。

"你给它俩喂了东西吗?"哈尔问。

"喂了猩猩。"

"它吃了些什么?"

"香蕉、胡萝卜、菠菜,还有竹笋。"

"白蟒呢?"

"它什么也不吃,我们早上打了一头疣猪给它吃,它连看都不看一眼。"

"可能我们抓到它以前它已经吃够了。"

"我看不会,"马利说,"它如果吞下什么动物的话,可以看到它身上隆起的包,而现在它苗条得就像跳舞的姑娘似的。另外,如果它吃够了的话,我们抓到它的时候,它应当在睡觉,而不会像后来那样拼命挣扎。"

"你说得对,"哈尔说,"喊上足够的人,把它弄这儿来。"

马利瞪大了眼睛:"你不是说弄到这儿——这个房间里来吧?"

"正是弄到这个房里来。你们守了它一整天,不能再叫你们守一个晚上。而且它也应该吃东西。把疣猪也带来,还要一支填食枪。"

白蟒不吃东西,哈尔一点都不感到意外,任何野兽,一旦被捉就会惶惶不安,什么也不吃,有时候绝食不过是几小时的事,有时几天,有的甚至饿死。

马利出去了,半小时之后,门口出现了一个奇特的行列:先是白雪公主一闪一闪的红舌头和它那亮晶晶的蓝眼睛,然后是马利,他紧紧地抱住大蟒的脖子,以防它扭头咬人,再后面是一支14个人的队伍,一边7个人紧紧地将大蟒抱住,不让它盘起身子。

哈尔换下马利,让马利去取疣猪和填食枪。

叫作"填食枪"的东西其实并不是一支枪,这是用来给拒绝吃东西的动物强迫进食的一件工具,其实就是顶端呈杯状的一根金属长杆。把食物或药物弄成球状或分成小段,置于顶端的这个"杯"中,然后握住长杆朝动物喉咙里推,推到它不得不吞下去为止。

一名队员使劲掰开大蟒的嘴,其他的人仍然紧紧地将它抱住,一个人用填食枪将疣猪推下它的喉咙,白雪公主拼命想把它吐出来,但办不到,吞咽的肌肉已经在起作用,疣猪被吞进了肚子里。然后抽出填食枪。

白雪公主的肚子上立刻隆起了一个有损于它美妙身段的大包。

"行了,"哈尔说,"放开它。"

队员们把蟒放到地板上立刻退到一旁,以防它大发雷霆。但它此时不想发起攻击,它唯一想做的事是睡觉。

它会睡多久？这要看它需要花多少时间来消化这一顿饭，可能是几天或几个星期。如果吃得很多的话，可以躺上几个月而一动不动。

有一点是肯定的，两只猩猩幼崽与一条通常视它们为佳肴的大蟒同居一室，现在是绝对安全的了。

锁上门，"动物园"里的成员们，包括白雪公主、幸运夫人、两只猩猩幼崽以及两个人晚上有保障了，或者说看来是有保障了。

幸运夫人睡在地板上感到很满意，"它的长毛可以给它保暖。"罗杰说。

"可能，"哈尔说，"但为了保险起见，我把我的毯子给它一条。"哈尔把毯子盖在幸运夫人身上，它立刻往毯子里面缩，那模样说明它很需要这条毯子。

罗杰爬到床上的两只猩猩幼崽中间，一开始它们睡意蒙眬地抗议了几声，但后来它们发现挤进来的东西暖暖的很舒服，它们就使劲朝罗杰身上挤。为了睡得更舒服，它们一会儿翻过来，一会儿转过去，睡着了嘴里还在咕咕哝哝，看来罗杰一晚上都不得安宁了。他很嫉妒哈尔，哈尔一人享用一张床，已经幸福地进入了梦乡。

可是一小时之后，哈尔醒过来了，他感到身边一阵冰凉，他吓了一跳：有东西上了他的床，白雪公主钻到他的毯子底下来了。

蟒蛇不像其他动物，蛇本身没有体温，它随周围的环境而变化。虽然米凯诺山离赤道不远，但在海拔3000多米的高度，晚

13 填食枪

上仍然很冷。一般情况下,蟒蛇晚上就待在地下的洞穴里,洞里还保存着白天的热量。没有洞可钻的时候它们就要钻到厚厚的树丛底下。

这里既没有洞,又没有树,白雪公主聪明地钻到哈尔的毯子底下。不管怎么说,它还有它的优点:它既不乱动也不唠叨,只悄悄地消化那一头疣猪,可以保证它在哈尔的床上是个安静的伙伴。哈尔是这么想的。可后来他再次醒过来时,发现白蟒的身子有一段已经缠在他的身上时,他有点不安了。

他该怎么办?如果它要绞杀他的话,它可以把他缠到透不过气儿来,几分钟之内就完蛋。他应该挣扎出来吗?但刺激了它可能使事情更糟。

他试图从白雪公主的角度来看待这个问题:它不会是想杀他而缠上他的,他太大,白蟒不可能吞下他。而且事实上它也没胃口,刚才的强制喂食是必要的,它在把胃里的负担消化完之前不会再有胃口。

借着从窗户射进来的微弱的月光,他看到白雪公主的脑袋就搁在枕头上他的脑袋旁边。他感到一阵恐慌,他艰难地控制住自己:不会有危险,它的大口是合上的。他只要保持不动就行。他甚至不能叫醒罗杰,因为那都有可能吵醒它而使它发怒。

它为什么缠住他?只可能有一个原因:他身体暖和。

尽管他对野兽颇有经验,在这种情形下他也禁不住有点害怕,他知道今晚他不能合眼了。可是他那么年轻,又忙了一天,不到五分钟,他就睡得跟那条蟒一样死了。

14

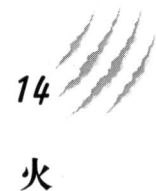

火

一阵大象发出的嘶叫声打破了深夜的寂静,最先被惊醒的是没有耳朵的动物。白雪公主靠它身上无数的神经末梢感觉到了音波,由于害怕,它爬下了哈尔的床,缩到房间最里面的角落。

亨特动物园的其他居民是被一阵使劲的捶门声吵醒的,哈尔听出祖卢在喊:

"火,先生,火!"

兄弟俩翻身下床,他们的小房这一端已经翻腾着火焰,干透了的木板墙猛烈地燃烧着。

队员们已经从湖里打来一桶桶的水泼在火上,但水桶不够30个人用。

这场火似乎映红了整个天空,奇怪,这么点火不可能产生那么大的光亮,后来哈尔发现了原因:

"瞧,火山!"

东南方向十几千米外,奈依拉贡戈火山正在爆发,炽热火红的岩浆像河似的流淌着。一条火柱冲天而起,高达1000多米,风正朝小屋所在的这个方向刮过来。是风刮来的火星引起这场火吗?

哈尔首先想到的是动物——白雪公主、幸运夫人以及两头猩猩幼崽。它们将要被活活烧死吗?他奋力将门拉开,企图让动物

14 火

们逃命,想到那么艰辛才捉到的动物马上又要失去,他的心非常沉重。

但是动物们不逃,因为它们怕火,待在黑暗的房间里比待在火光冲天的外面要感到安全些。

怎样把它们弄出去?两只猩猩幼崽倒容易,可是要把大猩猩和白雪公主弄出去需要很多人才行,而队员们现在都在忙着救火,那些没水桶的队员也在用毯子、帆布扑火。

救星来自一个意想不到的方面:大象成了消防队员。有3头大象,它们每晚都要到湖边喝水,喝完水则绕着小屋踱步,它们总爱到篝火旁站一站,享受一下篝火的温暖。队员们经常喂它们竹笋、甘蔗、野芹菜,人与象已经成了好朋友。

现在这3头大象报恩来了。它们具有动物之中只有猩猩和海豚可以相比的聪明,它们用长鼻子喷水灭火。多年以前,那位安葬于此的卡尔·埃克利在他的《在生气勃勃的非洲》一书中曾描述过大象的这种本领。

这些大家伙在湖中灌满它们的大消防水龙,然后跑上来喷洒在火焰上。哈尔看到这一切,脑中立刻闪过大象讨厌野火的习性。这种动物从心底里讨厌野火,它们用长鼻子喷水的办法灭过很多野火,要不是这样,野火变成森林大火,大象就毫无办法了。

又经过半个小时的紧张扑救,火被扑灭了。淋湿了的木板上冒出缕缕白烟,火既然已经扑灭,那些宝贝动物就有可能逃跑了,哈尔连忙跑回去把门关上。

3只大象还在吸水,不过是用来冲洗它们身上的灰而已。在罗杰的建议下，队员们拿来两大捆香蕉以犒赏它们的功劳。

哈尔问祖卢："你看是什么东西引起这场火？是火山飘来的火星？"

祖卢还没开口，站在旁边的梯也格就说："当然了，还会是什么？"

祖卢疑惑地看看他，又看了看飘过头上的火山烟雾，"假定火山的热灰可以飘到十几千米之外，但也不像是火山引起的火灾。"

"不管像不像，实际情况摆在这儿！"梯也格坚持他的看法，说完就回房睡觉去了。祖卢的目光一直紧盯着他。

"也许是，也许不是。"

"你有其他的解释？"哈尔问道。

"可能。我们当时睡在棚子里，营火在外面的空地上，我当时半醒半睡地躺着，好像看到有个人从营火中抽出一根燃着的木头走开了。当时我也没在意这件事，因为有时候，我们当中有些人半夜起来生火煮咖啡喝。"

"你没看清是谁吗？"

"没有。烟雾几乎把他整个儿遮住了，说是看到人不如说只看到一团黑影。"

"有多大——这个东西有多大？"

"大。"

"有梯也格那么大？"

"是的，有他那么大个。或者说，有那只带着颗子弹的猩猩那么大，你们叫它作戈格的，当然不可能是那头大猩猩，它不会

14 火

那么聪明。"

哈尔可不那么肯定,"我不知道,"他说,"大猩猩很能模仿,它可能看到过我们的队员中有人从火中抽出一根燃着的木头。我敢肯定,它一直都在观察我们的营地,寻找报复我们的机会,因为它以为是我们杀了它的一家,而且那颗留在它身上的子弹,会使它疼得发狂。但愿我们能捉住它,给它把子弹取出来。但是这场火——也有可能是另一个坏蛋放的。"

"你不是指我的队员吧?"

"不,不,我是指我们昨天没见着的那个人,但是我们已经见过了他所犯的罪行——那 60 只死猩猩。尼罗会想到我们会向地方长官报告。今天早上我们就要办这件事。"

他的话几乎被火山周围的雷鸣所淹没,叉状闪电在燃烧着的山头上飞舞。这不是普通的雷暴雨,没有一滴雨点落下来。雷鸣和闪电是由于火山爆发在空气中产生了很高的电压而引起的。

突然,哈尔和祖卢淹没在一片紫红色的火焰之中,只见他们浑身火焰腾腾,同时还发出噼噼啪啪和咝咝咝的响声,好像被烧着了似的。一条条紫红色的火舌从哈尔的鼻尖、耳朵、手指头、脚指头上冒出来。祖卢的身上也同样如此。他们的头像戴着一顶紫红色的皇冠,可是谁也没有被电击的感觉。

"甚至火山神也反对我们。"祖卢说。

哈尔笑了,"不会伤着你的,这是圣艾尔摩之火。"

"那是怎么回事?"

"由于火山产生大量的热,附近的热空气不断上升与我们周围的冷空气摩擦而造成的放电现象,在一座火山周围 30 多千米

14 火

半径范围内都会如此。"

"呵!"祖卢说,"我希望我们这个样子能吓跑来找麻烦的家伙,不管他是梯也格,是戈格还是尼罗,还是其他什么别的!"

可能是由于祖卢如此希望,那天后半夜再没有出现敌人。哈尔和罗杰本想再睡一觉,但周身冒着紫红色的火,还像爆竹似的噼啪作响,想睡着可不容易。房间里由于这种紫红色的光而显得半明半暗,白雪公主的舌头吐进吐出的时候,也闪着紫红色的火焰。电闪雷鸣,预示着要下大雨,但后来一直没有下。

天上倒是落下了东西,不过不是雨。早上他们像往常那样在户外吃饭的时候,天上落下了大量的火山灰。

这时,像是有两个日出,一个在东,一个在西;一边是东升的太阳,一边是火山的光辉。

森林中有十几个地方都在冒烟,是火山喷出的熔岩引起的,任何一处都可能成为一场烧向营地的大火,而今天早上就不会再有大象消防队来帮忙了。

今天应该是个留守营地的日子,所以当祖卢听到哈尔说"留一半人在家守营地,其他一半人跟我们出发"时,感到意外。

"上哪儿去,先生?"祖卢问道。

"鲁曼加伯,去见地方长官,我们必须向他报告尼罗屠杀大猩猩的行为。"

"但是尼罗猜得到你会去告发他,他会带着人在路上伏击你。"

"我知道,所以我才要15名优秀的队员跟着我。"

祖卢打量着远处的火山,一条沸腾的熔岩流正顺着东坡往下流,"我们要走的路正经过那山脚底下,可能现在已经被岩浆封锁了。"

"这正是我们必须争取的一个机会,"哈尔说,"我想现在去还有一个原因,肯定有一些动物被熔岩流包围了,我们也许可以救出一些来,不然它们就要被活活烧死了。"

15 火山口

哈尔和罗杰带着15名队员乘坐一辆吉普和一辆大卡车上了路,去完成他们危险的使命。

一条陡斜的泥巴路朝米凯诺山脚下的乞奔巴甘村直落而去。为什么非得走离火山那么近的路?因为在非洲没有像欧美那样的道路系统,你必须走你不得不走的路,而不是走你想走的路,没有其他通向鲁曼加伯的路可走。

由于火山的温度,他们已经热得流汗,火红的岩浆使森林着了火。真是一幅令人心惊肉跳的景象:一座3000米高的烈焰腾腾的山,山顶喷出1600多米高的火焰,火红的岩石,落到已经着了火的森林之中;响着双重的雷声,一部分在四五千米的天上,一部分在地下火山的内部。

刺眼的火光使他们几乎看不清道路,突然他们发现自己在横穿一条熔岩流。幸运的是,熔岩凉了很多,已经变成了黑色,不过还在冒着大股大股的蒸汽。

有队员在喊:"停车!"但是驾驶着第一辆车的祖卢认为他们唯一的希望是加快速度冲过去,他无法判断熔岩是软还是硬,车有可能陷进去被粘死。他不能等着发生这种情况,只要多待一会儿,熔岩里还保留着的高温就可能使车轮爆胎。他开着车一冲而过,就像一个滑冰者滑过一处冰层很薄的地方。

他回头一看,见到另一辆车紧紧地跟着也冲了过来。他正感到高兴,突然发现有第三辆车,一辆装满了人的卡车,很明显是尼罗和他的手下。那个白人自己坐在驾驶室后面,他已经六神无主,他可能想把车停在熔岩流之外,所以狠踩了一下刹车,但卡车的惯性使车一下子冲进了熔岩流,然后才停住。车轮陷了进去,随着熔岩的凝固,它将被死死地陷在那儿,除非有爆破的办法,否则别想有什么力量能把它解脱出来。

哈尔拍着祖卢的背,喊道:"再见了!这一下让他们有时间好好想一想他们干的事儿。"

祖卢咧着嘴笑了,但他不同意哈尔对他的赞扬。他说:"现在的问题是,我们返回的时候他们是否还留在这儿。"

他们一路下坡来到了非洲最美丽的湖之一——基伍湖的北端。难怪人们把这里叫作非洲的里维埃拉①,湖边就像一张缀满鲜花的地毯,上面长着奇树当中最奇怪的树——大戟树或叫作烛台树,看上去就像10米高的大烛台。

在这儿他们拐向西穿过米通巴山,直抵鲁曼加伯,他们受到了颁给他们许可证的那位地方长官的热烈欢迎。

"我希望你们的工作进行得很顺利。"

"一开始有点慢,但现在我们已经有了一只大母猩猩、两只小崽猩猩,还有一条白蟒。"

"一条白蟒?我相信是患白化病吧!"

"不!是一条天生的白蟒。"

---

① 里维埃拉:法国东南部意大利西北部沿地中海一带的旅游胜地。——译者注

15 火山口

"了不起。我该说你们真走运,我只听说过一条白蟒,被当地人杀死了。你们这一条将在动物园里受到保护。保护问题是我们最大的问题,正是因为如此,我们在批准狩猎方面非常慎重。"

"我这次来就是为了这件事,"哈尔说,"你给一个叫作尼罗的人发过许可证吗?"

长官查看了他的登记簿,"这儿没这个人。"

"呃,名字在这儿。"哈尔把那本笔记本翻到有尼罗签名的一页递了过去。

长官用手指头翻弄着笔记本,读着那些有关多少动物被杀、被抓以及装运的记录。

"啊哈!这个家伙的生意挺兴隆的呢!你从哪儿弄来的这个本子?"

"我们是在60只大猩猩的尸体当中发现的,这60只大猩猩之所以被杀完全是有人为了得到它们的幼崽。"

"你说60只?是6只吧?"

"我说60只。我们认真地数过一遍。"

"那是大屠杀!我们立刻派巡逻队,把尼罗那伙人抓起来。但我们人手不够,所以我将授权于你,帮帮我们的忙吧!"

"我们会尽力帮忙的。"哈尔向他保证道。他正要出去,长官把他叫住了,问道:

"顺便问问,梯也格怎么样?我希望他没给你们找麻烦。"哈尔摇了摇头,但没说话。

"你记得吗?"长官又说,"我可没推荐他。"

"是的,你没推荐。"哈尔说。他想避免说关于那位可怜、蠢笨而又恼人的梯也格的坏话。"是我们挑的他,我们将对他负责。"

哈尔带上他的人返回烈焰腾腾的火山。如果能找到尼罗的话,哈尔现在有权逮捕他了。卡车还在那儿,深陷在熔岩里,而尼罗和他的人已经跑得无影无踪了。

"算了,眼下我们还不能去追他们,我们得看看有什么动物被火困住没有。"

他们朝山上爬去。穿过怪模怪样的石楠树和六七米高的蕨、竹林,还有发出啸声的刺树,60米高的"森林之王"身上吊满各种各样的藤,荨麻的身上则披满了刺,再厚的衣服它也刺得穿,据说可以刺死马。另外,还有样子像伞的树。

他们必须避开熔岩流以及由熔岩引起的山火,一只从火里逃出来的小动物被罗杰抓住了。

"这是什么?"他问哈尔。

"叫作灌丛婴猴[①],"哈尔说,"是猴子的亲戚,可爱的小东西,很好驯养。"

它只有一只小松鼠那么大,一对大眼睛,一双大耳朵,浑身披着柔软的毛,还拖着一条大尾巴。

"它们生活在树林里面,"哈尔说,"喜欢白天睡觉,不过这个小东西今天睡不成了。它很像一只小袋鼠:用后腿走路,坐的姿势跟你我一样。我希望它会感谢它的运气——在它最需要你的时候碰上了你。"

[①] 灌丛婴猴:非洲森林中的一种小猿,其叫声似婴儿啼哭,所以也叫"丛林婴儿"。——译者注

15 火山口

很明显这个小家伙一点也不想从罗杰的手上跳下来,相反,它一直朝罗杰身上缩。它浑身发抖,眼睛死死地盯着森林里的火以及那条金色的河。

罗杰把它放进了衣服口袋里,只有头露在外面,慢慢地它不再发抖了,最后头也缩进了口袋,并且蜷成一团,做它白天最喜欢的事——睡觉。

"不太活泼。"罗杰不太满意。

哈尔笑着说:"天黑以后它就够活泼了。你今晚要能睡成觉,算你走运。它白天有睡不完的觉,一到晚上就有淘不完的气。它可以从房间这一头跳到那一头,那简直可以叫作飞。它那双大眼睛在黑暗中什么都看得见。"

"它吃什么?"

"你吃什么它吃什么,你不吃的它也吃——水果、树叶、昆虫,甚至蜘蛛网,你吃过蜘蛛网吗?美味!起码,灌丛婴猴是这么认为的。"

过了一会儿,罗杰给他的灌丛婴猴找了一个小伙伴。如果说灌丛婴猴像只小袋鼠的话,那么,这个小伙伴看上去就像只袖珍大象。它也有一条平常高高竖起的长鼻,长鼻也可以朝任何方向转动。可它还没灌丛婴猴的一半大。

"你抓到的这个小玩意儿很独特,"哈尔说,"它叫象鼩鼱,是哺乳动物中最小的。"

"可是看起来它与那个最大的多么相像啊!"

"大自然开的玩笑,把陆地上最大的和最小的哺乳动物创造成一个模样。它跟灌丛婴猴应该成为好伙伴,它们都喜欢白天睡觉，晚上活动。"

"可它有一个方面不似大象，"罗杰说，"它不能保护自己。"

"它当然能。你要轻点儿拿住它，不然你就会知道它怎样保卫自己。看到它体侧那个小疙瘩了吗？它要是不喜欢你，它会喷出一股液体，那个臭劲，就连一只臭鼬也会给熏得捂住鼻子。"

罗杰小心翼翼地把这只5厘米长的"大象"放进了另外一侧的口袋里。

"小心别让那只口袋撞到树上，"哈尔警告说，"不然你就会像梯也格惹了麝猫之后一样臭。但如果你轻轻地侍弄它的话，它还是很守规矩的。"

罗杰把手伸进口袋抚摸这个小东西，那么小，那么柔软，真像只刚生下不久的小猫。

"我估计，它们俩都不值几个钱。"罗杰说。

"那你估计错了，你现在每只口袋里装有100美元。谁都可能得到一只小狗或者小猫，但想得到这样的宠物就不寻常了，所以很值钱。爸爸一定会让它们去到好人家的。"

他们走出了森林，爬过一个铺满了火山余烬的斜坡，来到了火山口。火山已经安静下来了，但随时有可能再爆发。火山口的深处还在翻滚着一池橘红色的岩浆，这是世界上几个看得见沸腾的岩浆的活火山之一。像一间房子那么大的一个一个的泡鼓了起来，爆开，放出一股蒸汽。有一些还软的岩石，像卵石一样在岩浆中翻腾、颠簸，不断地发出嘎嘎的声响。"我感到前边热后边冷。"罗杰说。从沸腾的岩浆池里喷出的热气烤着脸，而在这么高的山上，凉飕飕的山风吹打着背，所以是前热后凉。

15 火山口

从这么高的山上看下去，眼前展现出一幅宏伟壮丽的景象：北边是两座一般大小的火山，平常很活跃，现在没有爆发，只是竖起了两股烟柱。除了南边外，周围全是休眠的火山，南边则是明镜般的可爱的基伍湖。

祖卢来到他们中间，他对风景不感兴趣，而被一池沸腾的岩浆吸引住了："真是可怕的地方，人们说，死鬼就住在那下面，他们搅动火，火就送出死神，谁也看不见，感觉不到，甚至也闻不到。但它叫人打瞌睡，人就闭上了眼睛、停止了呼吸，他的灵魂就下到那下面死鬼当中去了。就连巫师也说不清这是怎么回事。这是一种魔法。"

"听起来像是一氧化碳搞的鬼。"哈尔说。

"什么是一氧化碳？"

"一种毒气，跟汽车排气管排出的是同一种气体。在路上风吹淡了它，吹跑了它，但在一个深坑里，就像这个火山口，它会变得很浓。一个呼吸这种气体的人还没意识到就可能死了。"

"快看！"罗杰喊了起来，"下边那是什么东西在动，像是想站起来，但却起不来。"

"我们下去看看。"哈尔说。

"毒气怎么办？"

"如果快去快上来问题不大。"

他们顺着火山口内侧的斜坡往下爬，其他队员跟在后面，来到离那个在挣扎的东西不到 100 米的地方，现在可以看清楚了：那是一头母猩猩，但它臂弯里还抱着什么？一只猩猩幼崽，已经闭上了眼睛。

"它肯定已经死了，"哈尔估计，"母猩猩挣扎着想爬上去，但又不愿意丢弃它的小崽。"

罗杰感到奇怪："你们说，它们为什么跑到这下面来？"

"不会是无缘无故来的，"哈尔说，"它们一定是为了躲避什么人或东西才逃到这儿来的。"

当人们走拢来，正要把这位忠实的母亲和它死去的孩子往上面抬的时候，它却倒下了，闭上了眼睛。哈尔摸了一下它的脉搏，它已经死了。

"我们在这儿没事可干了。"哈尔说。他感觉到自己开始变得虚弱，死亡之气正在起作用，"快离开这儿，快！"

正在这时，头上"轰隆"一声。他抬头一看，原来岩石边上一块大约有一辆10吨卡车那么大的岩石正轰隆隆地朝他们滚下来。队员们拼命躲闪，但还是有一名队员给砸伤了，而且伤得很厉害。他们抬着受伤的队员，慢慢地爬到了坑口。

祖卢仔细地查看了那块石头原来所在的地方，"看到那些灰上的脚印没有？有人来过这儿，那块石头不是掉下去的，是被推下去的。"

"我们要追上去，"哈尔说，"不过，首先得把伤员处理一下。"

这位伤员已经被砸得晕了过去，身上流着血，有骨头断了，在没有急救箱的情况下，哈尔只能尽其所能了。半小时之后，他醒了，想站起来自己走，但倒下了，只好让人抬着走。

"现在，让我们找找，看这些脚印走向什么地方，"哈尔说，"祖卢，这是你的事了。真遗憾，他们也不等着会见一下我们。也许他们正藏在什么地方，等我们下山的时候袭击我们。"

16 抓活的

哈尔的估计不久就被证明是对的——也错了。尼罗和他的那帮人本来是准备伏击哈尔和罗杰他们的,但尼罗他们找错了藏身之地,他们找了一个约有6米深的深坑,上面被树叶遮住,要不是因为那个致命的敌人——一氧化碳,这真是个理想的伏击地点。

火山爆发而产生的一氧化碳要比空气重,因此,在那些没有风的地方它就会沉聚下来,停留在像这个坑一样低洼的地方。尼罗一伙现在东倒西歪地躺在坑底,再不用想袭击人了。他们不知道吸入这种有毒气体会打瞌睡,最后完全睡着——永远睡着,除非有人来急救。

"把他们拖上来。"哈尔吩咐道。平常他的队员们都很乐于听从他的吩咐,但这一回他们不愿意了。马利说:"先生,他们是你的敌人,他们曾经想用那块大石头砸死你,他们一心要杀掉你和你弟弟,现在他们就要完蛋了,如果你不管的话,谁也不会责怪你。"

哈尔不同意他的话,他说:"这儿只有一个人是我们的敌人,就是尼罗,我们要逮捕的是他。其他的人,我认为既不是朋友,也不算敌人。他们执行的是他的命令。拖他们上来,要快!"

哈尔自己下去拖那个白人,尼罗现在浑身瘫软,软得就像一只水母。他已经昏迷得不省人事,但心脏还在跳动,哈尔相信他能苏醒过来。所有其他的非洲人也被从这个死亡之坑里搬上来了,现在全部躺在草地上。在这儿,新鲜空气可以替换掉他们肺里的有害气体。

他们的矛和刀都给收起来了,哈尔下掉了尼罗的左轮手枪。

"要把他们绑起来吗?"祖卢问道。

"不用,除尼罗以外。找根藤来把他的手绑到后面去。"

哈尔现在可以好好瞧瞧这个屠杀大猩猩的刽子手了:大约与他一般高,1.80米左右,但要比哈尔壮一点,一副奇怪的刻薄的表情,好像在做噩梦,嘴角朝下拉着,双颊长满了黑色短髭。

"这是只丑陋的猛兽!"罗杰发表他的看法。

"丑,但绝不是猛兽,"哈尔说,"猛兽也是动物,我还不知道有哪种动物看上去如此令人厌恶!"

一刻钟之后,他们开始苏醒了,他们记得自己是藏在坑底的,怎么现在躺在草地上。周围都是陌生人,武器也不见了,他们的头还没清醒过来。

"我们怎么到这儿来了?"其中有一个问道。

"我们把你们拖上来的,笨蛋,"马利告诉他,"你们中了邪,本来早该完蛋了!"

"你们才是笨蛋,"那个家伙答道,"我们认得你们,你们是跟那两个追大猩猩的白人小伙子的,我们要干掉你们,你们这些笨蛋,又让我们得到了这次机会。"

"我也是跟你这样想的,"马利说,"那么,如果你愿意的话,我现在就可以用矛把你扎穿!"

16 抓活的

"你吹牛,"那个家伙说,"我们先生的法术比你们那两个孩子的法术厉害。"

"真的?你们先生就在那儿!死了一半,没枪,手被绑上了,他要坐牢了!"

那些一氧化碳中毒者全都坐起来了,用手擦着眼睛,想弄明白到底发生了什么事。

哈尔问当中的一个:"你们为什么要杀大猩猩?它们曾经伤害过你们吗?"

"从没有过的事。"

"那为什么要杀它们?"

"挣钱。"

"再不会有人给你们付钱了。"

"没钱我们就不干。"

"这还像句合情理的话,"哈尔说,"回你们的村子去,过你们平静的生活吧!"

那些人挣扎着站了起来,跌跌撞撞地下山去了,甚至连头都没回一下,看都不看尼罗一眼,原来他们肯听他的完全是为了钱。

哈尔抓住尼罗摇了摇,这个大汉呻吟了一声,睁开了眼睛,他向四周看了一下,然后昏昏沉沉地问道:"我在哪儿,出了什么事?"

"你的人正在步行走一段很远的路,"哈尔说,"你有福气,你将坐车。"

马利和祖卢把他扶起来,搀着他下山。

16 抓活的

他企图挣脱他俩:"你们的脏手别碰我。"

"注意你的言行,"哈尔说,"他们比你高尚得多。"

"你这样做,下不了台,你知道,你没权抓我。"

"碰巧,我被授权逮捕你。"哈尔说。

他们上山来时的路已经被熔岩流所阻,不得不找另外的路下山。

天上又开始落下火红的石头,他们随时得留心天上,以闪开可能击中脑袋的石头。就这样只顾看天上,差一点没注意到一头也在下山的黑猩猩,与黑猩猩拉着手一起下山的还有一只他们从未见过的最好看的猴子。看得出来猴子被石头砸伤了,它很痛苦地跛行着,而且,要不是友爱的黑猩猩搀扶着它,它肯定倒下了。

"这是一只疣猴,"哈尔说,"是猴子当中最漂亮的一种,它们总生活在高高的树顶上。现在树被烧了,它只有下来了。真美!这头黑猩猩要对我们说什么?"

黑猩猩已经停下不走,它看看罗杰,又看看哈尔,嘴里大声地叽喳叽喳嚷着。

"但愿我懂得猩猩的语言,"哈尔说,"不过我看它是请求我们帮助它受伤的朋友。"

他抱起疣猴,猴子一点都不挣扎,相反,还朝他身上挤,它是被大火吓坏了。哈尔说:

"你们现在看到了两个奇迹:第一,一只黑猩猩帮助一只猴子,而通常它们是互不来往的;第二,最野性的猴子之一与人交上了朋友,疣猴平常总是尽可能离人越远越好。这说明了共同的危险会造成什么样的结果。我们是三种不同的动物，黑猩猩、猴子以及人——但我们都怕火。"

他们继续寻路下山，黑猩猩一步不落地跟着他们。罗杰说："这头黑猩猩真善良，如果它留下来的话，我就叫它萨姆。"

"叫它什么名字？"

"萨姆。"

"那你给那位'美人'起个什么名字呢？"

疣猴有黑猩猩的一半大，黑猩猩又只有大猩猩的一半大。虽然这种猴个子不大，但气度非凡，它不像黑猩猩那样喋喋不休，而一直保持沉默，它的表情显得悲伤而又严肃，使它看上去像一位庄重的法官。一部白色的胡须遮住了下巴，甚至双颊与前额的毛发都是白色，而头上的毛却是黑色。这样它看起来就像一位头戴黑色便帽、白眉白须的长者。它背上的毛乌黑发亮，像玻璃丝一样闪闪发光，尾巴尖上的毛则是白色。

但它身上最引人注目的是它的一件白色长袍：沿着身体两侧长着的白色长毛，逶迤拖曳而下，那模样真像个主教大人。

"主教！"罗杰脱口而出，"对，没错，庄严的小主教！"

"好吧，"哈尔说，"疣猴的毛过去一直用来给时髦太太们的外套或帽子做装饰，这种需要导致了 200 万只疣猴被捕杀。现在它的毛也还被用来织成美丽的黑白相间的长毛小地毯。有时候，一张地毯需要多达 20 张疣猴皮上的毛。我希望，这个时尚也要停止才好，如果不停止的话，疣猴也会像渡渡鸟①一样被灭绝。"

---

① 渡渡鸟：原产于毛里求斯等地，于 17 世纪末绝种，性迟钝，易遭捕杀。——译者注

16 抓活的

疣猴用一种低沉庄严的声调打破了沉默,与黑猩猩尖声尖气的碎嘴子形成了有趣的对照。

"它的声调都像个主教。"罗杰说。

"嗯,不错,"哈尔表示同意,"但我遗憾地告诉你,弟弟,它在一大早的时候是以一种嘹亮的啸声开始它的一天的。当它和你那位灌丛婴猴在你平常起床时间之前一小时就开始它们的二重唱的时候,你就会为得到它们而后悔了。"

罗杰抬起他的目光,久久地抚摸着主教绸缎般的毛,说道:"不,我不会后悔。"

下到山脚来到一个小湖边,这个湖里是水而不是熔岩,但也一样猛烈地翻滚着。显然,湖底有裂缝,使火山的高温气体得以冒出,就像一把坐在火很旺的炉子上的茶壶。野兽们为了逃避火山的高温而跳到湖里,但它们发现这儿一样烫得厉害。

丛林里一颠一颠地跑出来一头动物,一头就扎进湖里。哈尔说:"这是头扭角林羚,他们叫它'木马',因为它跑的姿势一俯一仰地像架摇晃的木马,这也是一种珍稀动物。但愿我们能抓住它。"

"如果我们不马上动手,它就要被煮熟了,"罗杰说,"那儿有一条旧船,快来!"

他们上了船,用两条木棒当桨,把船推离了岸边。这真是一次心惊胆战的经历,航行于一个沸腾的湖面,噗噗噗的水泡放出阵阵的硫黄气体,而脚下已经可以感到船底发烫。

"木马"似乎被弄糊涂了,自己怎么会在热水里面,它惊慌失措,不会朝岸边游,看来它不是个游泳好手。

"它要沉下去了！"罗杰惊呼一声。

"不会，它在给自己充气哩！这是条纹羚羊的特殊本领。"

这头扭角林羚四脚朝天地漂在水面上，而且正在膨胀，就像雄火鸡发怒的时候一样，现在它的身体已经有它刚下水时候的两倍那么大。

"它为什么要这样？"

"使它能浮在水面上啊！这需要好多气，因为它是头很重的动物，220千克甚至更重。抓住它的脚。"

罗杰抓住了它的脚，"木马"无力地蹬踢了一下，就让人把它拖上岸了，岸边好多人在等着，有的握角，有的抓尾巴，有一名队员想一下把它弄住，就叉开双腿骑到它的背上。羚羊一下子挣脱了人们的手，一颠一颠地跑开了，那名骑在它背上的队员已经给掀到了一丛刺里，然后这头"木马"哧的一声，就跟扎破轮胎似的，把体内的气都给放了出来。很快它又被逮住了，几双有力的手把它从树丛中拖了出来，装到了车上的一个铁笼里。

留在湖边上的队员现在正在追着另一头动物，也是一种羚羊，一种穿着"雪鞋"的羚羊。它的四蹄又大又平，走在沼泽地或稀泥地上很轻松，而人走在这种地方就可能陷下去。湖的另一边就是一片沼泽，平足羚很快就跑过去了，而追它的人好多已经陷到了胸口。

哈尔反应很快，他一看到平足羚跑上沼泽，立刻带上另一批人绕过沼泽跑到另一端等着，平足羚一到，它那弯曲的双角就被抓住了，经过一番挣扎，"平足"终于就范，到笼子里与"木马"做伴去了。

16 抓活的

这是两种极不寻常的羚羊,任何马戏团或是动物园要是有运气得到它们的话,都会感到很高兴的。

哈尔感到该犒赏一下队员们了,他把大家叫到一块,"饿了吧?"他们异口同声地表示同意。"罗杰,来,我们给他们弄一顿鱼餐。"他说完就跳进了那艘旧木船。罗杰也跟了上来。

"只是你既没钓鱼线,也没渔网,你怎么能指望捕到鱼呢?"

哈尔说:"在我们忙于把'木马'拖上岸那阵子,你没注意到水里有很多鱼,只等着我们去捡呢!"

在翻腾着的水泡下面,漂着大量的已经被沸腾的湖水煮熟了的鱼,兄弟俩捞了几十条。

忙了整整一个上午,上山、下山,还得躲天上滚烫的石头,跳过流动的岩浆,还抓捕野兽,现在队员们觉得这些鱼真是美味无比。

17

卧室动物园

房间越来越挤。

除了两个大个儿的男孩子之外,还有一只母猩猩,幸运夫人;一条白蟒,白雪公主;两只猩猩幼崽。现在又来了4位新客人:象鼩鼱、灌丛婴猴、黑猩猩以及穿白袍的疣猴。

罗杰还想把"木马"和"平足"也带进来,哈尔阻止了:"它们太大了,如果它们住进来,我们就得搬出去。"

所以它俩就住在车上的笼子里。

另一个笼子里住着所有野兽中最残忍的一只——偷猎匪帮的头目,杀大猩猩的刽子手尼罗。

不过他只是住一晚上的客人,明天早上,哈尔就会把他交给地方长官了。

房间里的客人会怎样相处呢?那些大家伙会伤害小家伙吗?

幸运夫人以自己的方式回答了这个问题:它出于一种母爱的本能立刻把灌丛婴猴和象鼩鼱搂到身旁。

这些小动物唯一的敌人是白蟒,对于白雪公主来说,灌丛婴猴、象鼩鼱、疣猴以及那两只小猩猩,本都会成为它的珍馐佳肴,但它被塞了一头疣猪之后,肚子已经鼓起了一个大包,在被消化完之前,它对这些小东西都不会感兴趣。

这样一群被捕捉来的各种动物竟能奇怪地相安无事。

17 卧室动物园

"人也不可能相处得比这更好了,"哈尔说,"想象一下吧,9个不同的人,一个霍屯督人、一个马萨伊人、一个流氓、一个嬉皮士、一个吃人生番、一个囚犯、一个大学教授、一个牧师,再加上一个海盗,一起关在这个房间里——他们会立刻扑向对方。但看看我们这儿——全是彬彬有礼的夫人和绅士。"

"最坏的是外边笼子里那头两条腿的。"罗杰说。哈尔知道他指的是尼罗。

"最起码他今天晚上再不能放火了。"

"你认为昨晚是他干的?"

"还能是谁?"

入夜,他们怀着一种安全感入睡了——但没想到只几小时之后,他们就被一阵捶门声和呼喊声吵醒了,"火!火!"

他们冲出房门,看到队员们已经在救火,火又是从昨晚那个地方烧起的——小屋里住着兄弟俩的这一端。

他们与队员们一道用水桶打水灭火,这一次没有大象帮忙,紧张地扑救了一个小时之后才把火扑灭。

哈尔兄弟满脸乌黑,一身的灰,他们现在才有时间来想想这场火。

"他一心想除掉我们。"哈尔说。

"谁?"

"当然是尼罗呗!我猜他现在已经在几千米之外了。我感到奇怪的是,他怎么逃出笼子的?那是上了两道锁的啊!"

"去看看!"

他们打着手电筒,穿过由 14 辆车组成的车队,来到营地的另一端，尼罗的车上监狱就在这里。

锁仍然好好地锁着。

哈尔迷惑了，"奇怪，他没有其他出口可逃啊，然而他还是出来了，放了火，逃跑了。"

"把手电筒给我。"罗杰说。他朝笼内照去，在一个角落里缩着一堆东西，就像是一堆衣服。

他们绕到那一边想看个究竟，这堆衣服里发出了一阵鼾声，正是尼罗，还在呼呼大睡呢！

两位业余侦探简直不相信自己的眼睛，不可能——却是真的。哈尔捡起一根树枝，从栅栏中伸进去捅了捅那个家伙，尼罗吓了一跳，睁开眼瞪着手电筒的光。

"喂，怎么回事？"他咆哮起来，"把我像头野兽似的关在笼子里还不够！还要在半夜里跑来把我戳醒！"

"不是你放的火？"

"什么火？我要是能出去，我要叫你们尝尝比火更厉害的滋味。"

在回房间的路上，哈尔嘟哝着："我难以相信。还有，梯也格也没出来救火，我想……啊，好吧，总算还好，屠杀猩猩的刽子手还在，天一亮就把他送进监狱。"

天很快就亮了，当黎明的第一道光线照进房间的时候，灌丛婴猴就开始显露出它的"婴儿"本色来了，它发出一阵阵大哭似的叫声，听起来就像个坏脾气的婴儿在哭闹："怕呀！怕呀！哇，哇。"它要不喊的时候，就发出一种噼啪声和呼噜声。

疣猴白天鲜言寡语一本正经，这时候也不顾体面，爆发出一

17 卧室动物园

声长啸,几乎淹没了灌丛婴猴的哭声:"喂,喂,喂,注意!"它在房间里跳来跳去,那样轻松自如,简直是在翱翔,真像长了翅膀。它那一身漂亮的白色长毛飘在身后就像一片白云。它从这张椅背跳到那张椅背,从壁炉架跳上窗户,从罗杰的胸口跳到哈尔的胸口,轻盈得就像鸟儿似的。

象駒鼱叫起来很有一点像大象的嘶鸣。

黑猩猩喋喋不休地叽里咕噜,两只小猩猩低声地哼哼。那只大母猩猩——幸运夫人则用两只沉重的手掌拍打胸膛,发出像用叉子在一只空瓶子里敲打的咚咚声。

动物园里唯一不出声的成员是白雪公主,它在这一片喧嚷声中静静地进行着消化的过程。

兄弟俩原先想多睡一会儿以补回那半夜救火的一个小时,现在只好放弃这个打算,不得不起床了。

早餐的时候,个个都是好胃口——除了那条塞饱了的白蟒以外。至于以什么做早餐,那就五花八门了。

灌丛婴猴在窗户上、房顶上找小虫吃;象駒鼱喜欢吃蚱蜢;尊敬的主教大人以花为食,这只光辉灿烂的动物,连吃的东西都是既香又美的,与它的长相很相宜。

小猩猩还得吃奶;大猩猩和黑猩猩喜欢吃水果;"木马"只吃干枯的灌木,不屑其他;"平足"必须要多汁的水草。只有一个是什么都吃,而且什么都吃光的,那就是尼罗。这可能是他未来很多天内能吃到的最后一顿好饭了,刚果的监狱并不是以擅长烹调而出名的。

在地方长官办公室里,长官代表哈尔·亨特把犯人交给了当局。

他和罗杰兴高采烈地踏上了回营地的路程,他们的敌人已经进了铁窗,从此再不会有麻烦了。

然而,麻烦正在路上的某个转弯处等着他们呢!

18 黑豹

他们驾着车沿着一座活火山的山脚往回驶,当他们转过一个拐角时,发觉前边的路当中直直地竖着一根绿色的桩子。哈尔踩下刹车,汽车震动着在离木桩一米远的地方停住了。

"喂,谁在路上竖起这玩意儿,"哈尔恼火地说,"旁边又没有地方绕过去,下去拔掉它!"

碰巧,罗杰的动作慢了一点,他正要下车的时候,突然发现木桩动了起来。车前窗满是尘土,在非洲老是这样,所以看东西不那么清楚。但这木桩的顶端正在膨胀,而且有一条红舌头正在一闪一闪地吐着。

"这不可能是蛇,"罗杰说,"蛇怎么可能站起有两米高呢?"

"因为它的大部分仍在地面上,"哈尔说,"在尘土中的蛇身还有3米长,这就很容易支起两米高的前半段了。"

"这是什么蛇?"

"一条非洲树蛇,非洲人把它叫作用尾巴走路的蛇。真想把它逮住,这可是个美人!"

这条曼巴蛇全身黄绿色,鳞片像宝石般地闪闪发光,罗杰有点害怕,他欣赏不到它的美貌。

他听到过很多关于曼巴蛇的可怕的故事。它的坏脾气是出了名的,如果你慢慢地接近它,它就溜走,但如果你惊动了它,就

113

像这一条被汽车惊扰了这样,它就要发起攻击。

它蹿上来的力量足可以把一个人撞倒,它曾有过追杀骑在马背上的人的名声,还有过攻击坐在汽车里的人的记录。即使它被斩为两段,上半段还会攻击。

"这蛇毒得很,是吧?"

"非洲最致命的毒蛇。你可以喝下它的毒液而没有一点事儿,但如果这种毒进了血液,它就会麻痹呼吸系统,令你停止呼吸。"

"你打算怎么对付这个家伙?"

"等等,看它是否会平静下来,那时我再想办法抓住它。"

他们等着。原先大得像条蟒蛇的头和颈慢慢地变细了,挺起来的身子也慢慢放松了。

"得赶快,不然它就跑掉了,卡车后部有一条口袋,你看你能悄悄地溜下去把口袋取来吗?"

这件差事对罗杰一点都没有吸引力,但他还是悄悄地打开了车门,不巧,他紧张的手碰了一下车门把手,响声立刻惊动了这条曼巴蛇,它抬起身子,猛地一蹿,扑向汽车,把车窗撞得啪的一声响,立刻,在车窗玻璃上留下了点点毒液。

"希望它没撞坏鼻子。"哈尔说。

罗杰难以理解地看了看哈尔,真是个奇怪的哥哥,只关心标本的完美无缺,而不想挨咬的危险。

蛇好像有点失望,它原先以为能咬到血和肉,但它得到的却是鼻子上狠狠地挨了一下。

"喂,趁着它还没明白过来,赶快取口袋。"罗杰溜下车,很快取来口袋。他小心地关上车门,车窗上还留有一条小缝,但他

18 黑豹

没在意——肯定,一条大蛇钻不进来。

但蛇蹿上车以后,发现了车门窗户上的这条小缝。这种蛇有一个奇特的本领,它可以变得又扁又平,扁到只有一块三明治厚度的缝它也能钻过去。

动作神速的树蛇已经开始钻缝了,兄弟俩这才明白过来,蛇想要进去。

"来不及想办法了,"哈尔说,"绝对安静!一点不能动。也许,刚才它扑上来那一下把劲使光了,现在想找个黑洞口钻进去。"

"假如你猜错了呢?"罗杰问道,"我们车里有蛇药吗?"

"一点儿也没有。"

"那被它咬了,还来得及赶回营地吗?"

"不行了,10分钟之内就会死。别说话,别动!"

蛇的滑溜溜的身体滑到了罗杰的背上,真是毛骨悚然,这感觉一辈子也忘不了。他几乎控制不住自己,想甩掉它,起码能大喊一声也好。但他还是拼命地控制了自己。蛇从他的背上爬到了哈尔那一边,它看中了哈尔的脖子,绕过脖子,它就朝下滑,一直滑进了哈尔原先已经打开口的口袋里。

哈尔连气也不敢出,直到这条近5米长的大蛇完全钻进口袋、安静下来之后,他才慢慢地抓住袋口,用绳子扎得紧紧的,给这位喜欢黑暗的客人来个"灯火管制"。现在蛇已经平静下来了,但两位抓蛇人的神经还远远平静不了,随着他们越来越接近营地的时候,他们剧烈的心跳才逐渐慢了下来,情绪也渐渐地高了。

"今天早上干得不错,"哈尔说,"把非洲一种最出名的树蛇装进了口袋,而尼罗已经被送到他再不能危害动物的地方。也许,从此以后,大猩猩可以自在地生活了。我们也如此。"

这个美妙的白日梦一到营地就给彻底打破了,祖卢跑来报告了一个坏消息:

"又一次屠杀!"他说,"又有20只大猩猩被杀死了,尼罗又干开了。"

"不可能!"哈尔说,"你自己也知道,昨晚尼罗是被锁上两道锁关在笼内的,而且现在他正被关在牢里。"

祖卢摇摇头,说:"那他一定是使用了巫术。"

"祖卢,你应该有更科学的看法,你很聪明,不应当相信什么巫术。"

"我不知道,"祖卢说,"也许,在你们国家没有巫术,但这里是非洲。"

"不管是非洲还是任何其他地方,每件事情总有它科学的原因,我准备找找这一次是什么原因。发生在哪儿?"

"沿着通向山谷的象路走大约1小时。"

"吃过中午饭我去看看。"

"我跟你一块去!"罗杰说。

"不用,你还是留在这儿照看这些动物。小心把树蛇放到个好笼子里,不要让它的毒牙碰着你。"

匆匆忙忙地吃过午饭之后,哈尔就沿着象路出发了,山谷里的象经常在黄昏时沿着这条路到小湖饮水。

在路上他发现了一个象坑,这种象坑都是非洲人挖的,现在

18 黑豹

已经废弃不用了。新挖的象坑,上面用树枝树叶盖住,粗心的象就可能掉进去。

现在坑已经不用了,所以也不再遮盖,野兽都从旁边绕过去,哈尔当然同样绕过去。

走了大约一个小时之后,他就开始搜寻那20只死猩猩,最后在一块空地的一棵大树下面找到了。

哈尔想不通他所看到的情景,他几乎要相信那些巫术迷信者的看法了。没有任何迹象表明有人到过这里——没有人的脚印,没有残缺的矛,也没有折断的箭。

大多数的尸体残缺不全,像是某些部分被吃掉了。他知道非洲人有时也猎猩猩取肉,但他们不会把那么多扔下而不带走,他们会把全部死猩猩带回村子。

当中还有好几个小猩猩的尸体。真奇怪,偷猎者一般是杀死成年的,而把小猩猩带走卖掉,可这儿,老的、小的全部被杀掉了。

所有被害的成年猩猩都是雌性的,那么雄性大猩猩,如果有的话,一定是去寻找食物去了。这样,这个神秘的刽子手更容易得手,因为雌性大猩猩很少搏斗,当它们受到攻击的时候,就坐在地上,缩成一团,用双手护着头。

有血从上面滴下来,是从树上滴下来的。哈尔朝上望去,只见在离地有30米高的树枝上搁着两具大猩猩的尸体。怎么上去的?年轻的猩猩好爬树,而成年猩猩由于体重的关系,宁愿待在地面而不上树。

会不会是死后才被弄上去的呢?非洲猎手没有必要这么做,

如果猎手是人的话；唯一能这样做的动物猎手就是豹子，这种动物可以把两倍于自己体重的猎物尸体拖到树上。这样猎物不会被鬣狗或豺抢掠，因为这些动物是从不爬树的。

哈尔有一种不舒服的感觉：有人在盯着他。他转过身子，把周围每一丛树都审视一番。

在那儿！仅可以看到一部分，一张黑脸，两只凹陷的眼睛，刚刚看到它，它就不见了。

他想，这张脸很大，不会是非洲人的脸，那么，是什么呢？难道是一张大猩猩的脸？是他的死对头，戈格？

这一切是戈格干的吗？他不相信，人会杀人，但大猩猩不会杀大猩猩。

哈尔既难过又迷惑地往营地走。乌云笼罩着天空，从火山口冒出的一股浓烟使得能见度更低，时间还只是下午刚过一半，而在这一片浓烟密布的大树下，简直就跟深夜一般。偶尔一道闪电照亮了小路，但过后看起来更黑了。

他一直记着这条路上有一些象坑，幸好上面遮盖的东西都没有了，即使这么暗的光线，他也应该看得见它们而绕过去。所以他放心地迈开双腿，一路小跑往回赶。突然，他像是踩到了一垛树叶上面，树叶陷了下去，他落到了一个象坑里。

他重重地摔到了坑底，但没受伤。他真是大惑不解：如果在他去的时候，这个坑就已经伪装好了的话，那么那时他就该掉进去了。可见当时一定是没遮住，他看到了而绕开的。在那以后坑被盖住了，谁干的？有人安排让他跌落陷阱吗？

管他是谁呢，让他白高兴一场吧，自己身强力壮，爬上去毫

18 黑豹

不困难。但当他试了一下之后,他就发觉坑壁很陡,也没地方可抓,而且坑大概有6米深——两层楼的高度,想爬出这个坑就像沿着没有安全梯,甚至连排水管也没有的墙爬上二楼。

但还可以想其他办法,上面有一根粗壮的藤悬在那儿,非洲人就把这种藤当绳子用。他抓住藤,一把一把地捯着手朝上爬。但还没爬上两米高,上面突然一松,他连人带藤一起掉落坑底。

就这样哈尔也不着急,不过多待一会儿而已,迟早一定会有人来找他。祖卢知道他走的是哪条路,他只要安心坐在这儿等着就行了——希望不要有哪只大象也那么笨,掉下来砸着他。他挪到了一个角落里,如果万一有大象掉下来,被砸成肉饼的可能性要小一点。

他打起瞌睡来,虽然上面电闪雷鸣也没把他吵醒。后来把他惊醒的是一种像是用锯在锯一块硬木疙瘩的声音,他立刻听出来那是一头豹子在咆哮。

豹子又叫了,但这一回是正在坑的上边叫。他睁开眼想看看是怎么回事,只见上面两团黑影正在搏斗,其中一个,从叫声可以辨认出是头豹子;另一个则完全不出声,而且似乎是在使劲把豹子朝坑里推。

这需要一番较量,豹子看上去有它的对手的一半大,但是豹子被列为非洲同样大小的动物中最厉害的动物,有哪一种动物能把两倍于自己体重的死动物拖到树上?

但这一头豹子碰到了对手,只听得一声巨吼,豹子给推落到坑里来了。

上面的那人转身走了。"喂,上面的,快把我拉上去!"哈尔大声嚷起来。

没有反应，神奇的陌生人走掉了，他可能不懂英语，哈尔又用斯瓦希利语喊了一遍。这个家伙没长耳朵吗？他还是走掉了，把哈尔撇下与一个极难对付的伙伴打交道。

19

人与豹的搏斗

哈尔现在与一头愤怒的豹子同处一坑,丹尼尔当年身在狮穴也要比这安全些。

所有到过非洲与野兽打过交道的人都知道,你即使离一头或一群狮子不到5米远,也不会受伤害,只要你不扛着枪,不轻举妄动。但如果你离一头豹子那么近的话,你的命可就是提在手里了。

狮子是社会性动物,而豹子是个独行侠。要在非洲狩猎的话,你可能会在一个不大的范围内看到数以百计的狮子,但直到你离开非洲,你可能一头豹子也看不到。其实,它就在你附近,它看得到你,可是它不喜欢你。

一头豹子与一个人同关在一个狭小的空间内就更加危险了,而且这一头已经与那个黑色的人或是东西厮打了一场,更是狂怒万分。

豹子是夜间活动的野兽,它的视觉、嗅觉都比人的好。现在它看得见,嗅得着,而且还仇视任何人。对它来说,仇视就是行动,它扑了上来,快如闪电。哈尔知道自己在躲避的是一头暴怒的、想抓、想咬的恶魔,难怪人们把豹子称为地狱之猫。

它凭直觉直扑哈尔的双眼,它知道这个东西要是被抓出来,其他部分就好办了。

19 人与豹的搏斗

哈尔往旁边一闪,它撞到了象坑的角落。这并不能使它变得温和一点,它拉锯似的一声咆哮,转过身子,爪子立刻抓穿了哈尔的猎装上衣。哈尔想拧转身子摆脱它的爪子,但这头长着四条腿的"蛇"比人更灵活、更矫健,它像条蟒似的缠住哈尔的身子,同时前爪在搜寻着哈尔的喉咙。它自己的喉咙这时已经被哈尔使劲地掐住,几乎透不过气来。突然它猛地使劲一拧,喉咙挣开了哈尔有力的虎口,但几乎就在同时哈尔把它翻倒在地,用双膝顶住了它的胸口,并用胳膊肘顶住了它的胳肢窝,把它的两条前腿分向两边,这样他就不至于被它的前爪撕成碎片了。

但是哈尔没留心自己的手,豹子头飞快地向上抬,咬住了哈尔的右手,哈尔使劲朝外拔,但一点用都没有。

这时,哈尔想起了卡尔·埃克利,那位安葬在小房附近的人。他也曾身处同样的险境,被豹子咬住手而挣不掉,但他用一种豹子意想不到的办法反败为胜,转危为安。豹子习惯于死死地咬住所咬到的东西,但如果被咬住的这只手或腿朝相反的方向运动呢?每当豹子的利牙稍一松动,埃克利不但不朝外拔手,相反,他把手更使劲地往豹子的喉咙里塞,直到把豹子噎死。

哈尔现在向师傅学习了,每当豹子的牙一松,他就把拳头塞进去一点,与此同时,他的左手也在使劲挤着豹子的喉咙,双膝用力顶住它的肺部,让它回不过气。

但能坚持多久?哈尔感到眼冒金星,有点眩晕,他会很快精疲力竭。像是没完没了似的,这只猫也跟其他的猫一样有9条命吗?哈尔的右拳和左手完全堵住了它的呼吸,但它还在挣扎,在无法呼吸的情况下能挣扎多久呢?

一道闪电划破了黑暗，一刹那间，哈尔简直不相信他所看到的东西；他像是与一个黑影在厮打，他几乎要认为这一切都不过是自己的妄想而已。

闪电的光照出的应该是一头扭动着的黑黄色的野兽的身形，没有哪一种野兽的皮像豹子皮那么花哨——然而哈尔什么也没看见。

突然他想到应该活捉这头野兽，这是一头极不寻常的豹子——是一种全身黑色、非常稀有的豹子，有时就叫它黑豹。

埃克利是用噎气的办法把豹子憋死，但现在要活捉就困难多了。哈尔既不敢松手太早，又不敢掐得太久，怎样才能恰到好处呢？从来没有这样捉过野兽，所以没有一点经验可作借鉴。

豹子不再挣扎，开始瘫软下来，爪子也松开了，被哈尔用膝顶着的胸膛已不再起伏。如果让它呼吸它会立刻苏醒吗？

哈尔抽出血淋淋的右臂和拳头，双膝离开了豹子的胸膛。他等了一会儿，准备随时重复刚才的过程，但豹子一动不动。也许，他的猎物会死掉。

那条藤呢？他到处摸索，终于找到了。绑住前肢，绑住后肢，然后再把4条腿绑在一起。

哈尔焦急地等待着生命恢复的迹象，他摸摸豹子的胸口——心还在跳，但很慢，像是没拿定主意：是恢复正常呢还是停止跳动。他摸摸豹子的鼻子，感到有微弱的气息在流动。现在哈尔定下心了，要不是他累瘫了的话，他真想唱歌跳舞庆祝一番。

拉锯声又开始响了起来，豹子像蛇一样地扭动身子，很快，扭动变成了猛烈的翻滚。哈尔想，我最好还是待在坑的另一边为

19 人与豹的搏斗

妙。他挪到坑的另一边之后就趴下了,心里想着:我得醒着等人来,但很快就昏睡过去了。

后来他被罗杰的声音和一片手电筒光吵醒了。

"你在那下面干什么?"罗杰喊道。

"在挨时间!"哈尔说,"带绳子了吗?"

一根绳子缓缓地放了下来,哈尔绑好黑豹的4条腿,喊了一声:"拉!"

队员们开始往上拉,最后看到拉上来的竟然不是哈尔,而是一头挣扎咆哮的黑豹。

他们再次放下绳子,要是平常,哈尔会像个水手一样攀绳而上。但现在,人们把他拉上去的时候,他几乎连双腿夹住绳子的劲儿都没有了,就像是吊着的一捆干草,一到上面他就趴下了。

"过一会儿我就能走了。"

"用不着,"罗杰说,"任何一位赤手空拳逮住一头黑豹的人都应该被抬着走。"

这样,哈尔和黑豹受到同样的礼遇:黑豹是用一根木头穿过绑着的前后腿之间抬着;哈尔则是用一副临时绑扎的竹制担架抬着。

一回到营地,哈尔立刻被放到床上,罗杰和祖卢给他清洗伤口、上药、包扎、注射抗生素。然后罗杰才去安排给黑豹装笼松绑。队员们对这头猎物惊叹不已,大多数人从来没见过黑豹。

"的确是非常稀有,"罗杰干完活儿回到哈尔的床边说,"值多少?"

"比一般黑黄斑点的要高出4倍!"

"你夸大了吧?"

"一点也不。几乎人人都见过满身斑点的豹子或是照片。但这一头可是稀世奇珍——就像白蟒或者白虎一样。"

"有白虎这样的东西吗?"

"迈阿密的克兰登动物园有一头黑黄相间的虎和一头白虎,黑黄相间的虎比白虎值钱。原因就是人人都熟悉那只普通的老虎,而也许一百万人里也没有一个人见过一只白老虎。"

"我有一点不明白,"罗杰说,"当然了,像你这样一位傻瓜掉到坑里我还能理解……"

"谢谢!"哈尔说。

"可是我想不到像豹子这样精明的野兽也会掉进去。"

"它不是掉进去的,它是被推下去的。"

"有谁能那么干。"

"我怎么知道!天太黑,看不清楚,不会是尼罗——他已被关进监狱。这个家伙的身材差不多有梯也格那么高大——但梯也格在这儿,在营地,起码,我推测他在这儿。一定是那些企图杀掉所有白人的暴乱者当中的一个,要不然就可能是戈格。"

"为什么戈格要这么干呢?"

"因为它一直以为是我们杀了它的家人,同时也因为那一处正在溃烂的枪伤,它已经变成了复仇狂。"

"但是推落一头豹子来杀你——这需要思考,而我们过去在学校所听到的,都说动物不会思考,它们凭本能行事。"

哈尔无力地笑了笑,说:"这个观点已经过时了。的确,动物很多时候都凭本能行事,人也是这样,我们凭本能而嚼、而

19 人与豹的搏斗

咽,好多好多事都是凭本能干的。但我们会思考。其他一些较高等的动物也会思考。珍妮·古道尔①就在离这儿不远的地方,在黑猩猩中生活过,她给黑猩猩出了一些对于黑猩猩来说完全是陌生的问题,黑猩猩都解决了。"

"但是黑猩猩比大猩猩聪明。"

"这是又一个尚未被事实所证明的观点。黑猩猩似乎要聪明一点,因为它们非常善于表演,也喜欢展示自己,喜欢受到喝彩和夸奖。一只黑猩猩与一只大猩猩之间所存在的差别就像是一个喜剧演员与一个法官之间的差别一样大。黑猩猩耍弄各种花招,其目的是为了取乐。大猩猩则坐着动心思,它们会干那些必须干的事,它们不会单单为使你高兴而去干。那位研究大猩猩的谢勒,当时就住在这幢小房子里。他发现,大猩猩非常聪明,只不过不动声色罢了。如果需要,它们还会使用工具,会洗衣服,挖红薯,开门,知道向右拧是上紧螺丝,向左拧是松掉螺丝,用汤匙吃东西,在溪流上架桥,用锤子砸开坚果,把糖蘸上水使之变软,使用撬棍,造绳,钉钉子,用刀叉,骑自行车,甚至还会开汽车。但它们很腼腆——它们做这些事绝不仅仅是炫耀。它们对做过的事记得很清楚,还会计划明天该干什么。"

"这么说你真的认为是戈格盖住了坑,骗你掉进去,还推下一头豹子来杀掉你。"

"我还没那么说。我只是说,它要是想这么干的话,它是完

---

① 珍妮·古道尔:英国动物学家,以长期生活在黑猩猩出没的地方实地观察,有众多发现而闻名于世。——译者注

全可以做到的。不过,我一点也不怪它——想想它心中以为是我们干的那些事。"

有人敲门,"请进。"罗杰说。祖卢伸进头来说:"你们说想要一条会喷毒的蛇,我们发现了一条。"

哈尔想起来,但又跌下了。"躺下别动,"罗杰说,"我们会抓住它的。"

当他正要走出门口的时候,哈尔在后面喊道:"当心眼睛!"

罗杰心想:奇怪的嘱咐。他猜哈尔可能想说:"睁大眼睛盯住它!"哥哥可能头有点晕,当然了,谁要是与一头豹子搏斗之后,都会这样。

20 喷毒的蛇

罗杰对于眼镜蛇了解得不多,当然他在父亲的野生动物基地以及其他的动物园见过眼镜蛇,但都是印度玩蛇者玩的那一类眼镜蛇。

非洲的喷毒眼镜蛇对罗杰来说则完全是陌生的,名字本身已经告诉他这种蛇能喷毒,但喷多远,多厉害,他就不知道了。

"喷毒!谁在乎!"当他与祖卢一路跑着的时候,他心想,"只有咬人的毒蛇才叫人害怕呢!"

经过供应车的时候,他拿了一根带叉的棍、一根套索和一个口袋。他见过哥哥使用这些工具,看起来并不难使。他满不在乎,经验上的不足已经被胆量弥补了。

在林中空地的西端,队员们站成一个圆圈,围住了那条眼镜蛇——一个很大的圈,谁也不敢靠上去,那条蛇抬起的身子有一米多高,珠子似的眼睛以及一闪一闪的舌头在警告爱找事的人们:不要靠近。

如果可以认为蛇是美丽的话,那么这条蛇真可以算是美丽中的美丽。黑油油的头部现在胀得有20多厘米宽,黑色以下是一圈雪白的脖子,身体的其他部分就像是由美术家镶嵌出来的图案,一排一排的圆点拼成的马赛克。

队员们原以为哈尔会来,看到来的是罗杰都感到意外。但还是很乐意把这件差事让给他做。他们可以抓一条无毒的大蟒，但没有理由去冒被眼镜蛇的毒液毒死的危险。他们能将蛇打死，但不会活捉蛇，而且也不想学。如果这些得了神经病的白人要捉的话，就该他们自己动手。

这又是一条"用尾巴走路的蛇"，当然，不是立在尾巴尖上，而是立在身体的后半段上，前半段则高高竖起。实际上，这样一条蛇是用肋骨走路，每一条肋骨都能移动——向前滑动、停住、把身体拉向前，如此反复不已。

这条蛇现在就是这样运动——不管向前向后，它的头老是高高地抬着，它想找一条逃跑的路。

它的注意力完全集中在围着它的这些敌人身上，没有注意到上面还有一个敌人。但罗杰注意到了，而且被它吸引住了。

"真是个怪物！"

犀鸟的确很怪，又大又笨，差不多有一米多长，一身羽毛有白有黑、有红有黄，一把核桃夹子似的长嘴有30厘米长，嘴的上方是一个中空的盔冠，起着共鸣箱的作用。每当犀鸟发出嘎嘎——哈哈——呜呜——哇哇的叫声时，那声音就像经过喇叭放大了四五倍似的。

罗杰听说过犀鸟的一些故事——雌鸟在树洞里生下一只大蛋，雄鸟用泥巴堵住洞口，把雌鸟关在洞内，只留下一个小洞。雄鸟则通过这个小洞给孵蛋或带小鸟的雌鸟喂食。

雌鸟心甘情愿地在这个"牢房"里待上5个月，从不外出。在此期间，它的配偶就从小洞口不断地塞进昆虫、果子，而最好吃的就算蛇肉了。

20 喷毒的蛇

犀鸟是蛇的死对头，即使是最毒的毒蛇，它也会攻击。

现在这只犀鸟就站在上面的一根树枝上，正兴致勃勃地瞧着下面的眼镜蛇。不用说，它心里肯定在想："夫人一定会喜欢！"

突然它发出一阵鬣狗叫似的哈、哈、哈的叫声，从树上直落下来，大核桃夹子嘴一下就从后面钳住了蛇的脖子。眼镜蛇猛地清醒过来，扭转身子想咬犀鸟。犀鸟巨大的羽翼一阵猛拍，只要再过一会儿，它就会把蛇带上空中，飞回鸟巢。

犀鸟正要飞离地面，罗杰的套索把它俩一块套住了，鸟的大嘴和蛇的脖子套在一起。

罗杰不想捉犀鸟，很多动物园都有犀鸟，何况罗杰还想到了犀鸟妈妈和它的嗷嗷待哺的小犀鸟正耐心地等待着它们的喂食者归来。

当犀鸟挣扎的时候，罗杰稍稍松了一下套索，犀鸟的大嘴立刻挣脱了。它嘎嘎大叫着飞走了，像是要用它那共鸣得很好的声音向全世界宣告，它是如何看待带套索的人。

下一步怎么办？蛇已经套住了，如果把蛇拉过来，它刚好可以一蹿而咬伤自己。叉棍在这种情况下并不那么好使，如果蛇头是贴地的那就好办了，可以把它按住，用叉子卡住它的脑袋，然后捉住它的颈部。但这条蛇的脑袋在半空晃来晃去，叉子该怎么用？

罗杰试了一次又一次，他几次叉住了蛇头，但当他要把蛇按到地上的时候，却滑掉了。

蛇变得越来越怒气冲冲。它的双眼死死地盯住折磨它的人，它的头颈已经胀到最大，这说明它已经被折磨得发狂了。

罗杰认为自己的行动很安全，他与蛇保持着起码 3 米的距离,在这个距离之外他当然不担心被蛇咬着。

"它要喷毒了!"祖卢发出了警告。

"让它喷好了,它喷不了这么远!"

祖卢担什么心呢,很多动物,例如猫,都会喷唾液。也许喷个几十厘米远吧,而且,唾液也不会伤人。

说时迟那时快,这位年轻的博物学者受到了一次终生难忘的教训,两股白色的液体从蛇的毒牙中直射出来,就像双筒枪射出了两颗子弹,不但不在几十厘米的地方慢下来,而且在几分之一秒的时间里,射过3米远的距离,准确地击中目标——罗杰的双眼。

在此之前,罗杰绝不会相信会有这种可能,一条蛇怎么能将毒液喷射那么远,而且那么准?它可能将毒液喷到他的身上,甚至连他的身上也沾不着。它怎么知道它的敌人的最脆弱的部分就是眼睛呢?

他要用手抹掉眼睛里那些液体,来不及了,已经有足够多的毒液渗进了眼睛,引起了剧烈的疼痛。最糟糕的是,他已经处于半盲状态,树、人、蛇全部混成了模模糊糊的一片。

他没发觉自己已经放松了手中的套索,眼镜蛇立刻想挣脱逃跑,图图正好挡住它的去路,发了狂的蛇一口咬着了图图的手臂,毒牙深深地扎进肌肉,仍有足够多的毒液注入了图图的手臂。

罗杰模模糊糊地意识到出了什么事,虽然他自己的眼睛像火烧似的疼痛难忍,但他还是跳起身来抢救图图,不然图图很快就要死去。他把套索交给祖卢,并且立刻割下一段绳子作为止血带,扎在图图手臂伤口的上方。他摇摇晃晃地走到供应车前,倒

20 喷毒的蛇

下了。两名队员立刻跑上去把他扶了起来,他的双手在供应车上摸索着,终于摸到了——菲兹西蒙斯蛇伤急救包,在两名队员的搀扶下回到图图的身旁,图图已经发生痉挛。

罗杰虽然对喷毒眼镜蛇不熟悉,但他知道如何处理蛇伤。他掏出刀子,但看不见眼前图图发肿的手臂,一名队员把着他的手在每一个毒牙痕上划了个深深的十字形切口,再用高锰酸钾溶液擦拭伤口,接着他又摸出注射器,抖抖索索地摸了好一阵,才把针头扎进了伤口附近的肌肉,注入了抗毒血清。

"把他抬回室内,"他吩咐道,"让他平躺着,不要打扰他。"

这时,他最大的愿望就是睡下。那蛇怎么办?他想透过眼前的迷雾看清楚一点。

"它呢——蛇?"

祖卢把蛇拖到够得着的地方,罗杰知道他必须尽快在完全晕倒之前把事情干完。现在他已经不需要用叉棍了,这条蛇两次攻击人之后毒液已经耗尽,他用不着怕它了,他摸索着想抓住蛇的脖子,又是一只黑色的手在引导着他的手,他终于抓住了蛇脑袋下面的地方。

"袋子!"

口袋递到了他的手上,现在很多人都上来帮忙了。他们帮罗杰把蛇尾、蛇身先后塞进了口袋,最后把蛇头塞进去,立刻扎紧了袋口。

事情干完了,罗杰想,现在我可以休息了,接着就晕了过去。

到他醒过来的时候,他已经躺在自己的床上,有人在朝他的眼睛里泼什么东西,一开始他以为是蛇在喷毒,他本能地伸出两手想遮住双眼。

"别动!"哈尔说,还在继续往他眼里泼。

"这是什么?"

"炼乳。"

"你疯了!有什么作用吗?"

"是没多大作用,"哈尔承认道,"但可以缓解疼痛,中和蛇毒。"

"蛇毒?不就是些唾液吗?"

"标准的毒液,"哈尔说,"蛇的毒腺就在毒牙的后面,强有力的肌肉挤压把毒液从毒牙中喷出,就像一把水枪,只是比水枪具有大得多的准确性。就我所知,喷毒眼镜蛇是地球上在嘴里带把枪的唯一生物。别动,我要给你打一针。"

"你不是已经用牛奶给我治了吗?"

"那仅仅是治眼,这一针是为身体的其他部分打的,现在毒性肯定已经传遍了你的全身。"

罗杰感到了针扎的疼痛,他问道:"图图怎么样了?"

"他正在恢复,倒是你令我担心。你几乎是全部,而图图中的毒只是剩余部分。你真是个幸运的家伙。"

"我还幸运?"

"你不会全瞎,不一辈子瞎就够走运的了。"

罗杰使劲地睁开双眼,"你在哪儿?"

"就在你面前,离你的脸不到60厘米。"

"你看上去就像个影子。"

"行!总比什么也看不见要好。我看,在这个眼镜蛇出没的

20 喷毒的蛇

国家里,哪个村子都有像蝙蝠一样乱碰乱闯的盲人,罪魁祸首就是眼镜蛇。"

"非洲人怎样治疗这种伤呢?"

"巫术。牛奶我说不上有多大用处,但起码比巫术有用。"

整整一个晚上,罗杰疼得翻来覆去。他的每一根神经都像要发出尖叫,他真想让它们喊出声来,但他还是紧紧地咬住嘴唇一声不吭。抽筋使他蜷成一团,他的心猛烈地跳动,头就像要炸开似的,他整夜都没睡着。这一晚像是他一生中最长的一晚。

哈尔每小时用牛奶给罗杰洗一次眼睛。他自己也不舒服,他跟豹子那一番搏斗之后,现在浑身疲倦得要命,而且伤口也在疼痛。他很惊奇地听到罗杰故意发出一阵笑声:"我们真是一对好猎手,一身的伤。我讨厌这个样,我肯定明天早上就会恢复正常。"

"你算了吧!"

也许这种愿望在恢复方面的作用一点也不亚于牛奶,不管怎么说,天亮后罗杰感到好多了。他已经可以看得到阳光照射着的窗户。他曾经想:只要能平安地回到长岛上的家,得到爸爸妈妈的爱抚就心满意足了。但现在男子汉的精神又恢复了,他甚至已经在考虑今天的活动了。

"哈尔,你醒了吗?"

愚蠢的问题,"是的。"哈尔通宵都没合过眼。

"有人跟我说起过一条两头蛇。他们知道它的窝在什么地方,我们去捉了吧!"

21

双头蛇

可怜的家伙,哈尔心想,他一定做了个噩梦,两头蛇,真有他的!

哈尔支起身子,想看看罗杰,只见他双眼睁着。

"你在胡说什么呀,弟弟!再睡会儿吧,蛇不会有两个头的。"

"那些队员说的……"

"他们弄错了,也许他们看到了两个蛇头,但那一定是两条蛇的头。你今天早上感觉怎么样?"

"好多了,多亏你整晚用牛奶给我冲洗,看东西还有点模糊,但已经不像昨晚那样疼了。关于两头蛇你问祖卢好了。"

哈尔只好迁就弟弟,他走到门口喊来了祖卢。

"我弟弟的脑袋还有一点不清醒,他说什么长着两个脑袋的蛇,还说是你们看到的。"

"是的,先生,我们见过一条,它的窝就在一棵树上。"

哈尔心想,真是越来越荒唐,双头蛇,而且窝在树上,而不是在地下的洞里,谁听说过这种事儿!

嗬,哈尔想起来了!他拿出他的爬行动物手册,不查"蛇",

21 双头蛇

也不查"巢穴",而查"联体双胎"①。

对,就在这儿。不仅人类有联体双胎现象,动物一样也有这种现象。有时是两个身体一个头,有时是两个头一个身体。

科学家们研究过双头蛇的行为,对于双头蛇的大脑如何作用已经了解了不少。1967年在加利福尼亚的德尔马捉到了一条双头蛇,后来送到圣地亚哥动物园的爬行动物馆饲养展出,这是这家动物园展出的第二条双头蛇。在其他动物园还有两三条,但还是很稀有,所以这一类标本在科学研究上和公众兴趣上都有很大的价值。

哈尔的热情一下就上来了,急忙说道:"我想看看去!"

"我也去。"罗杰已经下了床。

两位伤病员一边穿衣服一边还哎哟、哎哟叫得震天响,可当祖卢把他们带到一棵巨大的金合欢树跟前时,他们把一切疼痛都忘到九霄云外去了。双头蛇的窝就在这棵树上。

展现在他们眼前的是非洲最令人惊叹的景观之一。这棵树,树冠顶部平齐,伸展得很宽很宽,就像一个巨大的烛台,从每一根树枝上都垂下几十个大"灯泡",不过不是玻璃的,也不会发光,而是草编的,金黄色,在朝阳下一闪一闪的。

"织布鸟窝!"哈尔喊了起来。

罗杰惊叹不已,这就是有名的织布鸟干的了,真是名副其

---

① 联体双胎:英文为"Siamese twins",直译为"暹罗双胞胎",是19世纪初在泰国出生的一对男性连体婴。17岁时,他们被送入马戏团,后去美国马戏团并成为美国公民。后"暹罗双胞胎"成为了连体人的代名词。

实，它们用这种金黄色的草出色地编成了一个个任何风暴也吹不散的巢。"

"这棵树上一定有两三百个。"

"远远不止，"哈尔说，"差不多500个，但这还不算最多的，在罗德西亚，有一棵树上有1200个。"

"小鸟一家住一个。"

"不，一家两个。雄鸟负责所有的建筑工程，它先给自己的配偶造一个，让它在里面产卵、孵小鸟，然后再造一个给自己住。"

"干那么多的活儿？"

"是的，但看来它喜欢干这个活儿，就像一个人，当他干一种他干得很出色的活儿时，他会感到非常愉快一样。"

"可是为什么那么多的小鸟都在一棵树上做巢，树林里不是还有那么多其他的树吗？"

"织布鸟是一种社会性很强的小鸟，它喜欢伙伴，而且有很多伙伴。另外，如果有很多的鸟在一起，它们就可以较容易地打退敌人。"

"说到敌人，那条蛇在哪儿？"

祖卢指着靠近树干的一个巢说："它就住在那儿，专吃小鸟和鸟蛋。"

祖卢用随身带来的套杆捅了一下巢，只听得一阵咝咝声，接着蹿出了一个蛇头，一会儿又蹿出来一个。它们像在比赛，看谁发出的咝咝声更厉害。两个头的后面是一条长约1.5米、色彩鲜艳的蛇身，在动物园里这样一条漂亮的蛇，就是一个头也够吸引

21 双头蛇

人的了。

"它有毒吗?"

"非洲人说有,科学家经过试验说没有。"

"也可能一个头有毒,一个头无毒,"罗杰开玩笑说,"可能吧?"

"在这个奇妙的世界里,什么样的事都有可能。当然,你还是有办法证实的:让两个头都咬你一下,怎么样?"

"谢谢你,"罗杰说,"挨了昨天那一下之后,我要躲着点儿蛇了。"

"再捅它一下,祖卢!"哈尔说,"可能它的特殊行为就要表现出来了。"

结果连哈尔也感到意外,双头蛇一个头上的眼睛在死盯着一只小鸟,所以它对这个骚扰毫无反应;另一个头在看着人,一见棍子伸过来并被触及之后,这个受到刺激的脑子立刻将指令传给颈部的肌肉,它的脖子立刻变粗,一直到胀得像个气球。

"真像个气球鱼①!"罗杰说。罗杰在水下考察时见过这种鱼,当它要吓跑敌人时,它把自己的身体"吹"得比平常大10倍。

这是两个互不联系的脑袋,一个发火、一个想吃东西。想吃东西的那个脑袋朝一只小鸟蹿去,咬到了,立刻吞了下去,可以看到一个包从脖子往下滑,一直滑到肚子。在那儿这只小鸟将被消化掉以供养两个脑袋。

罗杰说他希望自己也长两个脑袋,这样,一个工作,另一个

---

① 气球鱼:河豚。——译者注

就玩耍；或者一个打猎时，另一个则睡觉；一个按爸爸的吩咐行事，另一个则可以随心所欲，想干啥就干啥。真是个相当美妙的安排。

但有时也会不方便，比如，一个想去钓鱼，另一个却想在家看书；又比如，一个喜欢滑水，另一个却喜欢爬山。要是发生这种分歧，他就有可能把自己撕成两半。

"既然它是联体双胎，它两个头应该是协调一致的。"

"事实并非如此，"哈尔说，"人类的双胞胎之间，性格、思想并不一致。一个可能是不知忧愁的乐天派，而另一个却忧郁得像缸里的酸菜；一个可能很聪明，另一个可能是笨蛋。在蛇类当中也是这样，圣地亚哥动物园里的那条双头王蛇，一个头很温驯，而另一个头每当管理者走近时，都企图咬他。"

这棵树上的双头蛇，一个头溜进了一个鸟巢，出来的时候嘴里咬住了一只小鸟，另一个头马上蹿过去咬住了小鸟的一条腿，两个脑袋开始了"拔河"，看起来这只鸟非被撕成两半不可。但最后竟然是鸟挣脱了蛇口，高声尖叫着飞跑了。

"蛇的脑袋不发达，"哈尔说，"它们没想到，为了咬到对方，它们得先把脖子上的气放掉。所以，只要它们在发火，它们就是在互相保护对方。不过，瞧，一个要放弃了，它想走开，脖子上的气球瘪下来了，它的火气消了，但是它害怕。"

还在生气的脑袋一口咬住了害怕的脑袋。哈尔不会袖手旁观，看着这么好的标本自我毁灭，"该我们来阻止它们的争斗了，祖卢，把套杆给我。"

套杆的前端是一个绳圈，绳端握在哈尔手里，如果他能用绳

21 双头蛇

圈套住蛇头,他就能收紧绳圈,把蛇套下来。

第一次不那么顺利,绳圈只套住了一个头,哈尔想把蛇拉下来,但没套住的那个头咬住了树皮。

"使点劲拉,"罗杰说,"让我来吧!"

"不,绝不能再使劲。看到两个头联结处的那一圈带状物没有?这是它最脆弱的部分,每次两个头朝不同方向移动,都会使这里紧张一次,这就是为什么大多数两头蛇活不长的原因。每当两个脑子对于该朝哪儿走产生不同意见的时候,这个地方都会被拉伤。我必须把两个头都套住。"

现在,两个头的意见统一起来了——逃跑。哈尔松掉绳圈,它立刻沿着树枝蜿蜒而逃。哈尔把绳圈伸到前面等着,两个头都钻进了绳圈,等它们明白过来时,绳圈已经收紧了。

现在已经不存在被撕开的危险了,两兄弟一起抓住套杆,用力把它拉了下来。

他们回营了,哈尔扛着套杆,双头蛇的两个脖子都胀成了气球,身子缠在套杆上。

回到营地,双头蛇被放进了一个笼子,它狂怒地扭动身子,两个头想朝两个方向逃跑,完全有从中撕开的危险。

"得阻止它。"哈尔说。

哈尔撕上60~70厘米长的弹性带,打开笼子,让手刚好能伸进去,一个蛇头蹿上来,在哈尔的手上咬了一口。这一下哈尔自己可以判断树上的蛇到底有没有毒了。

他不能停手,他抓住蛇脖子,很快地在两个头的联结处缠上弹性带,抽出手,关好笼门。

"现在不会再撕成两半了。"

"你为什么用弹性带?"

"这样不管我们给它喂的是老鼠还是小鸟,它照样能吞下去,而弹性带的弹性又可以阻止它拉伤那圈带状物。"

罗杰查看了哈尔的伤口,哈尔说:"没事儿。"

但为了保险,罗杰坚持要给他清洗伤口、敷上药并包扎好。

"听!"哈尔说,"那些叫声是怎么回事?"

"像是从我们房间发出来的。"罗杰说。

他们跑回小屋,使劲推开门,刚好看到梯也格正凶狠地一脚踢在黑猩猩萨姆的肚子上。整个动物园炸开了锅,那只大猩猩和两只猩猩幼崽高声嘶鸣、怒吼、啸叫,一边还捶打地板,甚至连白雪公主白蟒都发出咝咝的响声,就像什么东西漏了气似的。

"你在干什么?"哈尔问道。

梯也格转过身面对着哈尔,并朝前逼了上来,长胡子在抖动,那只玻璃眼死死地瞪着。

"你要小心你是怎么跟我说话的!"他说,"当你们在外边胡闹抓什么蛇的时候,总得有人照管这些畜生。"

"从它们的叫声听来,它们似乎不喜欢你的照管。你为什么踢那只黑猩猩?"

"跟畜生打交道,这是唯一的方式,当它们不老实的时候,惩罚它们!"

"它怎么不老实的?"

"疣猴咬住了我,我正要把它打掉,黑猩猩上来碍了我的事。"

哈尔想起,这是那只他们取名萨姆的黑猩猩,是它在火山的

21 双头蛇

山坡上救了疣猴。这一次,好心的萨姆再次保护了这只猴子。

这会儿黑猩猩的情绪坏极了,突然它嘶叫着从后面向梯也格扑来,哈尔只得把它拉开。但是梯也格一点也不感谢哈尔。

"让它来吧,"梯也格说,"我要教训教训它,让它尝尝我的厉害。"

"小心点儿吧,说不定是它教训你哩!"

"这头小毛猴儿?笑话!我一个小指头就可以把它收拾掉。"

"你想试一试吗?"

"随时奉陪。"

"现在就来,怎么样?"

"你是自找倒霉,"梯也格警告说,"你的宝贝黑猩猩马上就会被我收拾掉。"

"只好听天由命了!到外边去吧。"

萨姆一直在尖叫着,拼命想扑向梯也格,哈尔一直把它拉住,不让它够得着梯也格。

"马上你就有机会了,小伙伴!"哈尔说。

22

梯也格摔跤

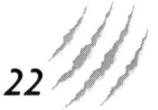

愤怒的黑猩猩的吼叫和嘶鸣一千米之外都可以听得到。队员们都过来看发生了什么事,哈尔和其他人一起走出房门口时,队员们已经等在那儿了。

"围拢来吧,孩子们,"梯也格说,"你们来看把戏吧。"他很喜欢有人看他的表演。

哈尔放开了萨姆,黑猩猩与踢它的人现在互相对峙着。他们看上去一点都不配做对手,这种对比使梯也格乐得开怀大笑:他站在那儿远远超过 1.8 米,而萨姆的头顶刚到他的腰带那么高;他重达 100 千克以上,而黑猩猩不过 40 千克左右。

"梯也格会要了它的命的!"罗杰着急了。

哈尔却一点都不着急。他知道,黑猩猩的主要力量集中在两臂和胸部。萨姆直立的时候,两只手仍可触地。

梯也格刚抬起穿着大皮靴的右腿——黑猩猩这一次不等腿踢过来,它纵身一跳,越过半空中梯也格的右腿,一头撞在梯也格的心窝上,那力量就像一部打桩机砸在桩子上,梯也格哼了一声就四脚朝天摔倒在地——他那右腿还没来得及着地呢!

黑猩猩不断地用手撕扯着手臂上粗硬的毛,手指甲发出噼噼啪啪像放电似的声响,这就是一只暴怒的黑猩猩的典型模样。它愤怒地嘶叫着,龇牙咧嘴,眼中冒着怒火,但它只在梯也格身旁

22 梯也格摔跤

跳来跳去：它要等梯也格站起来后才再次进攻。

梯也格起来之后又对萨姆抬起了腿，但萨姆太快了，梯也格根本踢不着它。它一蹿直上 1.8 米的高度，两腿蹬在梯也格的下巴上，并且立刻落下，刚好抓住还抬在半空中的梯也格的腿，又把他摔了个底朝天。还没挨到地呢，梯也格已经感觉到了黑猩猩的牙齿咬住了他的腿。与此同时，那双有力的手已经抓住了梯也格那神气的大胡子，有一半就这样被它连根拔掉了。

倒在地上的梯也格突然感到手摸着了一样冷冰冰、硬邦邦的东西，啊，笼门上的一根铁棍，他跳起身来，挥舞着铁棍朝黑猩猩的头上砸去——或者说朝黑猩猩刚才所在的地方砸去。铁棒砸到了地上，黑猩猩两只大手立刻握住铁棍并从梯也格的手中夺了下来。它一使劲，两臂上的肌肉鼓起了一个一个的疙瘩，铁棒被它弯成了一个环状，然后黑猩猩把铁棒扔掉了。

现在，萨姆开始扯梯也格的衣服，先是把他的衬衫一条一条地撕了下来，然后又撕扯梯也格的短裤，两只脚则不停地蹬踢梯也格的两肋。看起来，它头朝下跟头朝上一样干得很出色。

它再次把梯也格打翻在地，然后像滚木头似的在地上翻滚着他。梯也格只有蜷成一团跪在地上的分儿了，黑猩猩则在他的背上跳上跳下。

"把这个魔鬼拉开吧！"他哀求了。

哈尔轻轻地唤了一声。一听到他的声音，黑猩猩立刻停止了它那疯狂的舞蹈，回到哈尔身边，拉住哈尔的手，并且抬起头望着哈尔，像是在问："行了吗？"

哈尔说："行了，他再也不会惹你了。"

22 梯也格摔跤

罗杰感到很惊奇:"变得那么快,现在它又温驯得像只绵羊了。"

梯也格坐在地上,看着他腿上的伤,黑猩猩的犬牙在那儿留下了几个血淋淋的洞。萨姆放开哈尔的手走过去,弯下腰看着梯也格的双腿,一副悲天悯人的模样,它又恢复了善者萨马利亚的本来面目。

它多次细心地观看过哈尔洗伤口,现在它可以把学到的本事派上用场了。它四处张望,想找块布,突然它眼睛一亮,看到了梯也格被撕破的衬衫。它拾起衬衫撕下一根布条,跑到湖边,把布条蘸上水,再跑回梯也格身旁给梯也格洗伤口。如此几次,然后它自觉地让开,让哈尔来消毒、包扎。

"一只非常宽容仁慈的猩猩。"罗杰评论说。

"这不稀奇,"哈尔说,"黑猩猩的本性就是如此,一只成年黑猩猩可能会勃然大怒,但它也会立刻忘掉这一切,恢复它善良的本性。"

罗杰拾起铁环,想把它扳直,但他憋得脸色发紫也丝毫不起作用,"我要不是亲眼所见,绝不会相信黑猩猩有这么大的劲儿。"

"听说过诺埃勒的拳击黑猩猩吗?"

罗杰摇摇头。

"一个马戏团的老板,他搞了一台节目,在美国各地的集市或狂欢节上演出,其中压轴的节目叫《拳击比赛》。他有一只黑猩猩,叫作乔。它将与任何上台挑战的人进行拳击和摔跤,谁要是能将它打倒并使它一肩着地一秒钟,老板就付给他5美元。那些有名的拳击手、摔跤家都跃跃欲试,总共打过400场,没有一个人取胜过,当然老板也就不需要付那5美元钱了。我还想起了另一只黑猩猩,叫彼得。它不但有劲儿,而且还很聪明。它可以按正确的程序做完56个动作而不需要训练人说一个字:出场、向观众鞠躬、取下帽子、坐下、用刀叉吃饭、刷牙、梳头、给脸上抹粉、给侍者小费等等,还有其他好多玩意儿,还能一边从瓶里喝水,一边摇旗,一边骑着自行车在台上飞快地拐来拐去。最后下车、向观众鞠躬、拍手、退场。"

马利跑来说抓到3只猴子,问:"要不要留下?"

哈尔和罗杰一道去看是什么样的猴子,"长尾黑颚猴。"哈尔说。几只瘦瘦的小东西在笼子里快活地互相追逐。

"有一件事我不明白,"罗杰说,"大猩猩以及黑猩猩——人们称它们为猿,而把这些东西叫作猴,猴和猿有什么区别?"

"把它们放在一起你就看得出它们之间的区别了。"哈尔说,"猿的脑子更复杂些。"

"你是说猿要聪明些?"

"对。"

"但在我看来,这些猴也很聪明,它们甚至比萨姆和幸运夫人还活泼。"

"呃,我们来试验一下,怎么样?"哈尔建议道,"马利,给我找几个空瓶子——还要一小袋花生。"

他从那些空瓶中选了几个瓶颈较小的,在里面装上花生,然后放进猴笼。

3只长尾黑颚猴都从笼顶上爬了下来,它们把手伸进瓶子,抓起满把花生。好,这一下手拿不出来了,它们又不愿意放掉花

22 梯也格摔跤

生拔出手。

对于一只猴子来说，这个难题太难解决了。3只小猴子手上滑稽地吊着个瓶子蹦来蹦去，嘴里叽叽喳喳地叫个不停。

"现在来试试黑猩猩。"他们给萨姆选了一个瓶颈足以让手伸得进，而抓了满把花生则拔不出来的瓶子。当萨姆拿不出手来的时候，它不叽喳乱叫，也不蹦上蹦下乱甩手，而是一声不响地坐了下来，认真思索。经过一番思索之后，它把握着花生的手松开了，让花生都落到瓶底，抽出手。接着它把瓶子翻了个底朝天，将花生全部倒了出来，最后它就吃起花生来了。

"这就需要脑子多转几个弯才能办得到了。"哈尔说，"好，该轮到大猩猩了，我们给它出一道稍微难一点的题目。"

幸运夫人从栅栏间瞧着3只小猴子，它们还在不断地甩着手想把瓶子甩掉。幸运夫人是位具有同情心的母亲，它已经收养了两只猩猩幼崽，它想帮这几只头脑简单的猴子，但必须得想出办法。

最后它爬进供应车，出来的时候，手里拿着一根香蕉，它把香蕉从栅栏缝中塞进去，放在笼内地板上。

猴子不再叽喳乱叫，也不上蹿下跳了，它们看着香蕉，就它们的胃口来说，香蕉当然要比花生更有吸引力，紧握着花生的拳头松开了，花生掉了下去，它们拔出手一齐冲向香蕉。

"了不起，幸运夫人！"罗杰惊呼一声，"它真的是想出来的，是吧？"

"说得对，"哈尔说，"想出来的 这就是猿与猴之间的区别，不要以为猴子不聪明，但碰到需要想的问题，还是猿脑袋里面的'计算机'大一些。"

23

宝石

树林边上发生了一阵骚动,不一会儿,祖卢和一些队员从树林中押着两个人走了出来。

这两个人是白人,都带着枪。他们一直被带到哈尔和罗杰跟前。

"我猜他们是在猎捕大猩猩。"祖卢说。

两位被迫来访的客人非常气愤,"把你的手拿开!"其中一个说,"我们要与你们的头儿说话。"

"头儿就站在你的面前。"祖卢说。

那人轻蔑地看着哈尔,"什么!这个小孩儿?"

哈尔并未表现出生气的样子,他只是说:"放开他们。"

黑人队员们放开了他们的俘虏,但仍准备随时再抓住他们,如果他们企图逃跑的话。

哈尔看着他们的枪说:"你们有狩猎许可证吗?"

"这与你有什么关系?"

"我是这个地区的副司法长官,让我看看你们的许可证,你们在追寻什么东西,是不是啊?"

"是的,但不是追野兽。"

"那你们追寻什么?"

"钻石。"

23 宝石

"钻石!用枪追寻钻石!"

"枪是为防身而带的。呃,年轻人,你到底是谁?"

"我叫亨特——哈尔·亨特,这是我弟弟罗杰。"

两名俘虏的态度立刻变了。

"动物博物学家!"一个说,"我们早就听说过你的大名,让我们自我介绍一下。"

他们从钱包中取出名片递过来,根据名片,两位先生是威廉森钻石矿业公司的地质学家,一位叫罗伯特·瑞安,一位叫汤姆·西姆斯。

"我们应该道歉,礼貌不周,我们的队员以为你们是偷猎者。图图,叫厨师弄点咖啡来。"

大家坐在外边的一张桌子旁,客人们解释他们的任务说:

"我们被派出来是为了寻找新的矿址。"

哈尔感到不理解,他说:"我对钻石开采不懂——但是一些矿藏的开采都需要钻到地下好几百米,你们怎么能指望到处游逛就可以发现钻石呢?"

"最初钻石就是这样被发现的。"瑞安说,"有一天,在南非奥兰治河的河岸上,一群正在玩耍的孩子发现了一块卵石,比他们见到过的其他卵石都明亮,在卵石表层被磨掉的地方,有一些明亮的斑点,这些闪闪发光的点就像里面藏着光源似的。他们把那块卵石拿给一个邻居看,邻居说要出钱买下卵石,孩子们哈哈大笑,说:'你要就拿去吧,不要钱。'

"他把卵石拿到镇子上的一家商店给老板看,老板说:'是块漂亮的石头——但没人会出钱来买它。'

"但是另一个大镇子上的一个人认得钻石,买下了,并把它售给了这块殖民地的总督,得了2500元钱。

"两年以后,还是这个邻居,听说有一个放羊的穷孩子捡到了一块亮晶晶的石头,当作一个好看的玩意儿戴在身上。他找到孩子,出500只羊、10头牛和一匹马要买下石头。对这个穷孩子来说,这已经是一笔非常大的财富了,但实际上这只是这块石头价值的很小一部分。他把石头卖掉,得了56000元钱。

"从此掀起了钻石热,人们从世界各地来到那个地方寻找钻石。今天世界上钻石的98%出自非洲,不仅仅是南非,就在刚果这儿也有丰富的钻石矿藏,还有其他我们还不知道的矿藏,请你们也留意吧!"

"你是说我们也有发现地面上的钻石的可能?"

"一点不错。地表下的就更多了。一个矿可能要朝下挖好几百米,我们宁愿要靠近上面的,也叫露天矿。下面的就需要挖矿井、坑道,用升降机把矿石提升到地面。我们公司将付给发现新矿藏的人以巨额报酬。"

"听来很吸引人,"哈尔说,"从现在起我们将注意地面,但我们不能放松我们的工作。你知道,你们和我们都是在寻找宝藏,你们想看看我们的钻石吗?"

"你们有钻石?"

"对,有的长着四条腿,有的两条腿,有的没腿。"

当哈尔兄弟领着两位地质学家观看那些"钻石"的时候,他们几乎要忘记自己寻找的"钻石"了:"木马"和"平足";树蛇很有风度地表演了它的节目,将身体竖起一米多高;赢得善者

23 宝石

萨马利亚美誉的黑猩猩；3只活泼的长尾黑颚猴。

当他们来到喷毒眼镜蛇笼子跟前时，哈尔说："不要靠近它，请站在5米以外！"

"怎么了？"西姆斯问道，"关在笼子里它还能对我们怎么样？"

"我让你见识一下。"哈尔说。他叫罗杰取来一面镜子，把镜子拴在一根棍子上，伸到离蛇3～4米远的地方，太阳正照在镜子上，反光照着眼镜蛇的眼睛，它的脖子立刻愤怒地膨胀起来，而后一道双股的毒液从两颗毒牙喷出，像两支箭，越过3米多的距离，直射镜子的正中央。

"如果刚才是你的眼睛在镜子那地方的话，"哈尔说，"那你现在就难受了。说老实话，要是治疗得不及时，就会当一辈子瞎子。"

"太神了！"瑞安说，"我原先还不知道眼镜蛇有这个本领。"

"大部分没有。世界上有10种眼镜蛇，这一种被称为'喷毒眼镜蛇'，一般认为这是唯一有这个本领的蛇。"

"能抓到它，真不赖！"瑞安说，"相当大的收获——你叫它作钻石，我一点都不奇怪。"

"喏，现在我让你们看一块黑色钻石。"哈尔带他们来到黑豹笼子前。

"又是一大收获，"瑞安说，"一定很稀罕吧？"

"很稀罕！"哈尔说，"科学家们说，10万头豹子里有可能出一头黑豹。但隔壁一个笼子里还有一个百万里挑一的好东西。"

当地质学家们看到两头蛇的时候，他们几乎不相信自己的眼睛。由于人们的到来打扰了它,两个头下的脖子都鼓了起来。

"啊,我……"瑞安惊叹不已,"我一辈子都没见过这样的东西。有哪家动物园有这样的标本吗?"

"只有一家。曾经有两三家动物园有过两头蛇,但都早早地死了。"

"为什么会那样呢?"

"因为它有两个脑子,如果一个脑子想朝这边走,另一个脑子朝那边走,这条蛇就会从中被撕成两半。"

"所以你就给它套上了一个领圈,"西姆斯评论说,"你虽然年轻,却相当通晓这一行。"

"还不是很通晓,"哈尔说,"不过,我会通晓的,只要我能记得我父亲从世界各地带回长岛动物园里的各种动物。好,现在到我们的寝室看看我们的好朋友。"

"你不是跟我们说,你们的寝室里有个动物园吧?"

"不光在寝室里,甚至在床上。罗杰与两个猩猩幼崽睡在一起,我则与一条大蟒蛇共用一张床。"

他领着他们进了房间。立刻,灌丛婴猴、象鼩鼱、疣猴以及两个猩猩幼崽发出了一阵喧闹,哈尔指着那只大猩猩介绍说:"这位是幸运夫人——因为我们是行好运才捉到的它。请坐,先生们。"

西姆斯在哈尔的床上坐下,有什么东西在屁股下扭动!他跳将起来,只见一个吐着舌头的脑袋从毯子底下钻了出来。

"别害怕,"哈尔说,"这位是白雪公主。"

白蟒从床上溜到地下,蓝色的眼睛熠熠生辉,长长的白色身

23 宝石

躯像一束扭动着的白光。

"太美了!"瑞安赞叹道,"实在是个美人,我还从未想到蛇也会这么美。是条真正的大蟒蛇吗?"

"当然。"

"这不危险吗?"

"不,"哈尔说,"朋友之间不会存在危险。"

当两位客人离开的时候,瑞安说:"你刚才说得不错,你们收集了一批很好的钻石。"

24

谜解开了

那天晚上罗杰醒了,他发现有一只猩猩幼崽在拼命地发抖。

布布(罗杰给它起了这样的名字)抖得就像风中的一片树叶,但它并不冷,相反,似乎比平常还热,它在发烧。

罗杰喊醒哈尔,说:"我们得看护一个病孩子了。"

哈尔翻身下床,点亮了油灯,他检查了布布,小家伙皮肤很热,但它又像冷得不得了似的发抖。

"受凉发热,"哈尔摸摸它的胳膊,"心跳快得真像在爬山。"他把耳朵凑到布布的胸膛上,"好像呼吸不正常,有点儿喘,肺部有毛病。"

罗杰不耐烦了,说:"别在那儿胡说八道了,快想办法治吧。"

他很相信哥哥的技术,一般情况哈尔都能处理。他能进行急救、治疗感冒之类的小毛病,给伤口消毒,甚至还可以做些小手术。

所以当哈尔说"恐怕这病我应付不了,很重,我们得把它送医院"时,罗杰感到很吃惊:

"医院,在这里,上哪儿去找医院?"

"在去鲁丘鲁的路上有一家,但我不知道它是否已经关闭了。"

"为什么要关闭?"

24 谜解开了

"这是一家白人医生开的医院,刚果的大多数白人不是被杀就是回国去了。"

"我们还一直没碰上麻烦,啊?"

"没碰上麻烦?你忘记了这栋小房差点被烧,还有那个坏蛋,骗我掉下象坑,还推下一头豹子想干掉我。我们远离大路,而且在几千米的高山上,所以还没事。我可不敢说山下公路边的白人也会平安无事,这个时候,医院可能已经被烧掉了,谁说得准呢?而且,即使医院还在,还不知道有没有兽医。"

"那,我们去看看吧!"

天还没亮,他们就上路了。哈尔开车,罗杰抱着布布。

看到医院还在,他们才松了一口气。他们按了门铃,但不见有人来开门。他们只好推门而入,办公室里空无一人,大厅里也没有跑来跑去的护士,病房里有些黑人躺在病床上,但医生呢?最后,在远处的一间病房里发现了一位医生,他正俯身查看一位痛苦的病人。

"医生,"哈尔说,"我可以打扰你一下,跟你说句话吗?"

医生伸直了腰,看了看兄弟俩。他是个年轻人,大概也只30岁出头,面容憔悴,两眼深陷,像是没吃饱的样子,似乎昨晚没睡觉,也可能好几个晚上没睡觉。

"请原谅,"哈尔问,"你们这儿有兽医吗?"

"对不起,没有。兽呢?"

"这儿。"

"这不是兽!"医生反驳说,随后他又自我纠正说道,"当然,如果不从医学上看,它是只兽。但在解剖学上和生理学上,它都

157

跟人相似，它得跟人一样的病，把它放在床上，我来看看它哪儿不对头。"

经过诊断之后，医生看上去有点不安，"你们的小朋友病得很重，大叶肺炎，还有胸膜炎，能治好的可能性不大。一只成年猩猩可能挺得过去，但对这么只小猩猩来说，这病太严重了，我们尽力而为吧。"

他看上去很累，哈尔说："好像就你一个人在这儿工作。"

"是的，我们原来还有两位医生，都被杀害了；原先有5个护士，两个被害，我把另外3个送回欧洲去了。"

"那你为什么继续留下来？"

年轻的医生没说什么豪言壮语，只是笑了笑说："我想，不过是固执的缘故吧！我们迟早会关闭。这样一个地方，要办下去就得要钱，过去资金来自欧洲，现在来不了。你们的朋友叫什么名字？"

"朋友？啊——你是指猩猩，它叫布布。"

"我要知道我的每一个病人的名字，我要是用名字称呼他们，他们会好受些。别着急——我会为布布尽我最大的努力的。"

他们每天驾车去看望布布，小家伙非常难受，胸部疼痛，阵阵猛烈的干咳折磨得它不能入睡。伯顿医生像对待其他病人一样，给予它精心的治疗。他让它每天喝牛奶和汤，用氯霉素给它消炎，有一天布布高烧发昏，伯顿医生还给它用了吗啡。

每天早上哈尔和罗杰到来时，都听见它在呻吟，但它一看到他俩，它就不再哼哼了，而且总要伸出小手让罗杰握着。

到了第六天晚上，决定性的时刻来了，这是它生与死决战的

24 谜解开了

最后关头。

医生通宵坐在它的床前,天亮时,医生已经看出结果——小猩猩得救了。

它的体温已经降下去,脉搏慢了下来,呼吸不再那么困难,身体不再是干烫的了,并已开始出汗。

"好迹象,"伯顿医生说。他的眼睛陷得更深,双颊更加瘦削了,但是他很高兴,"它闯过来了,再过几天它就可以下床。"

当医生宣布,小猩猩已经痊愈可以出院的时候,哈尔兄弟除了付给他所愿接受的一小笔钱之外,还送给他和他的病人一车食品。

"专门给你的!"哈尔说,"如果你垮了,你的病人怎么办?"

在回营地的路上,罗杰说:"我真想能实实在在地帮他一点儿忙,帮个大忙。"

"他现在的日子很艰难,"哈尔赞成罗杰的想法,"他的病人除了给他一些香蕉之外,什么也拿不出来。他没钱来维持这个医院,没钱买必需品,也没足够的钱来请医生和护士从欧洲来此地工作,因为他们要冒送命的危险,所以还得付高薪。他只有足够的勇气,不怕困难坚持到底。"

布布的归来受到了寝室动物园其他成员的欢迎——布布当晚又睡回罗杰床上的老地方时,高兴得直哼哼。

但这个晚上还不是放心睡大觉的晚上。半夜时分,窗户玻璃哗啦一声被砸破了,兄弟俩都坐了起来。哈尔打开手电筒照着窗户,只见一条扭动着的嗞嗞作响的曼巴蛇(树蛇)被塞了进来,看上去像是火山旁捉到的那种致人死命的曼巴蛇。

一时间，房间里喊声震天，从各个角落里传来声声嗥叫、尖叫、嘶叫、啸叫，因为房间里的动物没有一样不惧怕曼巴蛇的。

队员们也被吵醒了，哈尔听到有人，像是祖卢在喊："拿网来。"

门外肯定发生了不寻常的事。兄弟俩朝门口跳去——但立刻想到首先要做的事是对付曼巴蛇。它这时正昂着头在房间里四处游动，头抬得有一米多高，它还没确定该咬谁好。刚才被那样粗暴地塞进窗户，现在又被关在四堵墙里面，再加上那些受惊了的动物到处乱窜，惹得它更是怒气冲冲。

哈尔抽出了手枪，罗杰叫道："不！用口袋！"

通常只要口袋套上了它的脑袋，它就会安静下来。

"房间里没口袋！"哈尔说，他准备开枪——先看看有没有其他动物与蛇头在一条直线上。

"等等！"罗杰大叫，他从床上扯下了一条毯子，面向着蛇，蛇脑袋这时抬得比他的个儿还高，曼巴蛇猛地一蹿，很明显是想咬他的脸部，但罗杰更快，他一挥毯子，蒙在蛇头上，蛇牙里喷出的毒液都溅在了厚厚的毯子上。哈尔及时用一根绳子把毯子扎住。曼巴蛇不动了。

"待会儿再来处理它，"哈尔说，"先看看外面出了什么事。"

房子外面，队员们正企图用网兜住一个像梯也格那么高的大块头，但不是梯也格。哈尔手电筒的光照出一个硕大的黑猩猩的身影，罗杰认出来了：

"戈格！"

没有比大猩猩更驯顺的猿类了——然而此时的戈格，由于愤

24 谜解开了

怒和痛苦而变得面目狰狞。现在戈格的身上，99%的成分是个杀手。

它比所有这些可怜的小人儿都高，它的力气比这当中任何10个人的力气加在一起都大，它的手臂粗得像船上的桅杆，它的手指头粗得像可口可乐瓶。队员们已经用网把它给罩住了，这是用粗藤编成的网，比绳子结实得多，但还是被它扯开了几个洞。队员们被它拉得东倒西歪，就像玩具娃娃。现在戈格的叫声就像一头愤怒的大象的叫声。

很明显，再这样下去，有人——也许不止一个——就会死于它的手。光网不行。哈尔冲回小房拿来了一支麻醉镖，镖扎在戈格的上臂，麻醉药 M99 流进了它的身体。

一支镖内的药液可以麻倒一头斑马，但对付巨人戈格远远不够，哈尔又跑去拿来一支同样药力的镖，射向它的另一只臂膀。

这时这头暴怒的野兽已经把网完全撕成了碎片，它完全自由了的双手朝前一伸，抓住了两名队员，把他们的脑袋碰在一起。然后两手朝后一扫，两旁的队员像保龄球的 9 根小木柱全部被打得东倒西歪。它两只手臂伸开来足有 2.45 米，比它的身高还要超出 40 厘米。那些还没被打倒的队员慌忙逃出那两只要命的手臂的范围，一条 50 千克重的臂膀足以叫一个人丧命。

这一会儿，它够不着人，只有以喊叫和捶胸膛来发泄它的怒气。它的胸围足有 1.5 米以上——多大的一只鼓啊！它深深地吸一口气尽可能地鼓起它的胸膛，拍打起来，十足是在拍打一只巨大的非洲木鼓的声音。这是它最后的反抗行动了，它的两只手臂垂了下来，眼睛闭上了，接着，山一般的身躯也瘫倒在地。

24 谜解开了

哈尔大喊:"快!用装犀牛的车!"

犀牛车开过来了,这是一辆装有又大又结实的铁笼的大卡车,就连最凶猛的犀牛也撞不垮。

哈尔指挥人们把它抓住,可是它哪儿都太大太粗,两手很难抓住。后来是连推带拽,嗨哟嗨哟地才把这个庞然大物弄进了车。

"别关门。"哈尔说。

他爬进笼子跪在大猩猩身旁,伸手在它的臂膀的长毛中摸索,最后他说道:"在这儿!被子弹击中的地方。"

一切都清楚了,的确是戈格,是它设法打破装蛇的笼子,抓了一条眼镜蛇,塞进兄弟俩的房间,目的是要咬死他们;肯定是它把豹子推落象坑,也肯定是它两次企图烧掉小屋。这一切全是出于它对它的家庭的爱以及化脓的伤口的疼痛。

哈尔从伤口处抽出手,手指上沾了绿色的脓液,"可怜的家伙,比我想象的更严重。"

"你能处理吗?"

"我看我对付不了,子弹卡在肩关节处,如果它刚被射中就被抓获,我可能取得出来。但现在已经引起了严重的感染,我还没见过这么严重的脓肿。而且子弹一定是卡在肱骨和肩胛骨之间,手臂每动一次,它就挤磨一次,我真不愿意去想这有多疼!所以,它变得这么凶残,我一点都不感到奇怪。这伤我处理不了——还是找伯顿医生吧!"

25

好奇的鸵鸟

当戈格被抬放在一张病床上时,床立刻被这个300多千克的病人压垮了。

"没关系,"医生说,"它不躺在上面,就让它躺在下面吧,我们没有一张床能禁得住它。我先给它打一针麻药,让它一直睡着,我才好给它取子弹。"

罗杰摇着头说:"如果它睡着,它就不知道了。"

"不知道什么?"哈尔问。

"不知道是我们救它!"

医生感到奇怪,"为什么非要让它知道呢?"

罗杰解释道:"它认为是我们杀了它的一家,而且是一个与我们一道的人射伤了它,所以它变得很凶残。它讨厌人,满怀深仇大恨。"

医生看着哈尔,哈尔说:"我想,我弟弟说得有点儿道理。它现在的这种情绪太危险,任何动物园或马戏团都不可能展出,因为它完全有可能伤人。说老实话,昨晚它就想杀掉我们,从窗户往我们的房间塞了一条树蛇,还有两次企图放火把我们烧死。由于它的缘故,我不得不在一个象坑里与一头豹子搏斗。这些事是谁干的,过去一直是个谜,现在我们才知道,它就是罪魁祸首。"

"你们兄弟俩都有点儿叫人吃惊,"医生说,"我看,要是我

25 好奇的鸵鸟

处在你们的位置,我就再给这个浑蛋一颗子弹,叫它永远完蛋。"

哈尔微笑着说:"杀害动物刚好不是我们要干的事。驯化动物,最有效的办法莫过于让它知道,你对它好,帮它的忙。"

"你认为它有那么聪明,它醒过来的时候,我在挖它的肉,它能明白我在帮助它?"

哈尔点头:"我认为,一只聪明到能计划谋杀的动物,当它得到帮助的时候,一定也能明白。不过你最好别冒这个险。"

"我想冒这个险,"伯顿医生说,"但我首先要把其他3个病人挪出去。"

3个病人被转移到了另外的病房,门上了锁,然后医生开始工作。

医生在伤口里寻找子弹的时候,戈格醒了,它慢慢地睁开眼,当它看到它的两个死敌就在眼前的时候,它咆哮一声,不过也只是咆哮而已,因为它仍然全身瘫软,动弹不得。哈尔俯身看着它,罗杰坐在地上它的身旁,握住它的一只手,似乎它是个需要人爱怜的婴儿,而不是一巴掌就要他的命的巨兽。还有一个人正在把肩膀里那个疼的东西往外取。

钳子终于夹住子弹取出来了,医生把它举到猩猩的眼前,戈格寻思地盯着3个人的眼睛,不再咆哮。当医生给它清理伤口的脓液时,它疼得哆嗦了一下,但还是耐心地让医生处理完。然后是敷裹伤口——疼痛减轻了,多舒服啊!

当戈格闭上眼睛时,罗杰想抽回手,但戈格握住不放,一直等到它睡熟了,罗杰才能抽出手。哈尔和医生在走廊里等着他。

"啊!"医生说,"我刚才看到的是一个奇迹!看来你们真的懂得如何与野兽交朋友。"

"这与待人是同样的道理,"哈尔说,"大猩猩对友好的待遇很快就会报答,但不能指望戈格一夜之间就从魔鬼变成天使,那有一点脱离实际。"

"别担心,"伯顿说,"我不会冒不必要的风险,不会把其他病人送回那个病房,你们的戈格先生将是本医院唯一享有私人病房的患者。"

"它需要在这儿待多久?"

"只需要再多待一天,以后你们就可以在家里继续给它治疗。"

祖卢这时从大厅跑过来说:"先生,快,鸵鸟!"

真的是鸵鸟,而且是一只很漂亮的鸵鸟,正在医院的庭院里昂首阔步地闲逛着。

哈尔曾经想要捕捉一只鸵鸟,但这只也许是人家喂养的。

"是你的吗?"

"不,不是。一只野鸵鸟。我们经常见到它,它经常在这一带游逛,也到附近的村子,见什么啄什么。"

"你是说它啄食物碎屑吧!"

"不仅是食物,还有硬东西,石头啦,妇女耳朵上掉下来的耳环啦,只要是发光发亮的东西。它不管谁的东西都偷,什么东西都偷。但它却不属于任何人,你们想要完全可以把它捉走。"

哈尔立刻就干。幸好,大部分队员都在这儿,他们是为了接运戈格而进院来的。哈尔叫大家把鸵鸟团团围住,然后逐步收拢包围圈,最后把它擒住。

25　好奇的鸵鸟

哈尔和罗杰挨近鸵鸟,想仔细看看它的羽毛,是否值得捕捉。鸵鸟不但不跑开,反而好奇地打量着这两个人,进而用嘴啄他们的衣服,罗杰举起左手想挡开它那张好奇的嘴。

说时迟,那时快,鸵鸟一口啄住罗杰的手表,竟还拽了下来,吞到了肚里。

"我的表!"罗杰大喊,"我的表怎么办?它为什么要吃这些硬东西?"

"鸵鸟没有牙齿,"哈尔说,"所以它就不能咀嚼食物,它必须吞下沙砾或其他硬东西来起咀嚼的作用,它们在胃里翻动的时候就可以磨烂食物了。"

"看!"罗杰说,"它在啄石子!它要啄那块闪光的石子了,那是块什么石子?"

哈尔仅来得及看上一眼,石子就被鸵鸟吞下去了。这石子对着太阳像块钻石般地发光,就像光是从石子里面发出来的一样。他突然想起了地质学家瑞安描述钻石的那些话,赶紧在地上找,再也找不到一块那样的石子。但,判断出那一块是否真是钻石还不能说明问题吗?

"我们必须看看这只鸵鸟肚子里的东西。"哈尔说,"图图快把麻醉枪拿来!"

麻醉药很快就起了作用,鸵鸟眼睛刚合上倒在地上,哈尔就叫人立刻抬进医院。

伯顿医生看到他的这位新病人,就笑着抗议道:"你一定以为我这儿开办的是一艘诺亚方舟吧!"

哈尔说:"如果我没弄错的话,这只鸵鸟的肚子里有一件东西，其价值比你这个方舟上所有的东西加在一起还要大。"他向医生说了他刚才看到的情景，"你看能弄出来吗？"

"一个相当简单的手术，"医生说，"只要在胃部划上一刀，把东西取出来，再把肚子缝上就行了。"

医生熟练地给鸵鸟动了手术。第一批取出来的东西中就有罗杰的手表，还在嘀嘀嗒嗒欢快地走着，还有半消化了的苜蓿、莴苣、草、野芹菜以及一些各色各样的"粉碎机"，如砾石、扣子、钥匙、汤匙等，甚至还有一副假牙，这是一个村子的头人几天前丢失的。

还有那粒闪光的石头。

伯顿医生好奇地看着这粒石子说："我不懂钻石，可以送到城里去鉴定一下。"

"我们有更快捷妥当的办法，"哈尔告诉医生关于威廉森公司地质学家的事，"他们说过今天要到鲁丘鲁，我们马上就可以到那儿去找到他们。"

从鸵鸟的肚子里取出了 5 千克多的东西。给它把肚子缝好以后，他们把它装到装戈格的笼子里，送回营地。大多数队员都随车返回营地。哈尔和罗杰驾车到卢特舒鲁，在镇上的一家小旅店里找到了两位地质学家。他们仔细地审看了那粒闪闪发光的石头之后宣布说，是颗钻石。

"是颗真正的钻石，"瑞安大声地说，"你们能带我们到发现的地方去吗？"

半小时不到，他们已经在用铁锹翻撬发现钻石的那一小块地方了。表土下面只几十厘米的地方，他们就发现了他们一直在寻找的东西——钻石矿脉的露头，它可能呈漏斗状地向下延伸几十

25　好奇的鸵鸟

米,也可能好几百米。

他们对兄弟俩说:"你们使这儿变富了!我们将请你们先签署一些初步的文件,然后我们再来人做一些实际的开挖工作,待我们对矿脉有一个更准确的估计之后,本公司将预付给你们一部分钱,然后再与你们谈判矿区使用费的问题。"

"好极了!"哈尔说,"只是有一点你们弄错了,这儿是医院的土地,你们的谈判应与伯顿医生进行,而不是我们。"

赖恩似乎很吃惊:"但是,是你们发现的矿,你们有权获得一部分利润。"

"听我说,"哈尔说道,"这家医院在极其困难的条件下干着了不起的工作,由于没有资金,马上就要关闭了!而这里的人们需要医院,有的人从上百千米远的地方到这儿来看病。伯顿医生已经劳累过度,一切都是他一个人在干,他的其他医生和护士要么被杀,要么回国了。他需要钱来请医生、护士,请工作人员,还要买设备、物资、仪器——而这里就有他需要的一切,就在他的前院。"

"但是,你们的父亲——他是老板,对吗?你们不需要打个电报请示他一下吗?"

"我们清楚地知道父亲会怎么说。我们是搞动物这一行的,不是搞矿业的。"

地质学家们对于两位年轻人的固执和"愚蠢"只能摇摇头,随后他们就进去找伯顿医生去了。

26

一船淘气鬼

"非洲之星号"轮船装载了 34 名乘客,但只有 12 名是人,其余的 22 名,在名单上写着:

雄性大猩猩一只,雌性大猩猩一只,猩猩幼崽两只,白色蟒蛇一条,象駒鼱一只,疣猴一只,条纹羚羊一头,灌丛婴猴一只,黑猩猩一只,平足羚羊一只,树蛇一条,喷毒眼镜蛇一条,双头蛇一条,黑豹一头,长尾黑颚猴 3 只,鸵鸟一只,蝰蛇一条,臭鼬两只。

蝰蛇和臭鼬是最后才抓到的。船长拒绝装载臭鼬,虽然哈尔再三说这是非常稀少的品种,但再稀少也改变不了它们的味儿啊!后来哈尔给臭鼬洒上香水,并保证整个航程中不断给它们洒香水,船长才同意装载它们。

这是蒙巴萨很长时间内离港的最值钱的一船野生动物。哈尔和罗杰决定随动物一起离开,以保证动物在船上得到适当的照顾和喂养。还有另一个原因:他们有点儿想家了。

"如果出什么事,我们应该在场。"哈尔说。

罗杰反问道:"会出什么事?"

"事情是随时可能发生的。"哈尔说。

开始,一切都很顺利,5 天来船经过达累斯萨拉姆、德班和开普敦,海上风平浪静。

26 一船淘气鬼

经过好望角的时候,气候变恶劣了。船开始摇晃,处于船的中部的那些笼子里的动物变得烦躁不安,它们不习惯这种摇晃动荡,有的已经晕船,所有的动物都开始用大自然赋予它们的各种各样的嗓子,先是咕咕哝哝、哼哼叽叽,接着就变成了尖声的大合唱。

这一切使得好心的萨马利亚——黑猩猩十分难过。萨姆是人们的好朋友,所以没有被关在笼子内。每天它随哈尔和罗杰给动物喂食,为了方便,所有的笼子上用的锁都是同一把钥匙,钥匙就放在一个小盒内,盒子钉在装条纹羚羊的笼子上。

萨姆看到它行善的机会来了。它从疣猴开始,因为在火山爆发的时候,它们就已经是患难之交,现在疣猴在东摇西晃的笼子里可怜巴巴地呜咽着想要出来。萨姆取来钥匙,打开锁,拉开门,那只疣猴立刻跳将出来,呜咽停住了,它快活地在甲板上跳来跳去,白色的长袍在身后飘扬着。接着它高兴地爬上帆缆,从那儿一跃,上了桅杆。这就像在树上,现在它才不在乎摇晃呢,树在暴风雨中不也摇晃吗?

乐于助人的萨姆很满意自己的善举带来的结果。它打开了另一个箱子,树蛇立刻蹿出来,高高地抬起脑袋,还忘恩负义地扑向萨姆,萨姆及时地跳开了。

萨姆感到有点儿扫兴,它把这看作是这种扭来扭去的东西表示感谢的讨厌方式,啊,算了!你不能指望谁都感谢你。

树蛇在倾斜的甲板上继续滑行,滑入了进入旅客舱的升降口。由于被船抛来抛去,它已经怒气冲天,要找个人来惩罚一下,谁都行。

绕过一个拐角,迎面来了一位女乘客,是来自爱达荷州波卡特洛的一位太太。不用说,这位可怜的太太吓得魂飞胆丧,在波卡特洛的大街上不是能够随便碰得上一条头抬起有两米高的大蛇的。

树蛇从她身上蹿了过去,毒牙扎进了空气,因为太太早已晕倒在地。蛇轻蔑地从她身上爬过之后,发现一扇半掩的门,它钻了进去,里面空无一人,它很失望。但它找到了一处藏身的地方,这个房间的乘客是一个管乐队的乐手,他的大号就靠在墙边,这是一把倍低音大号,是所有低音乐器中最大的一种。对于一条受惊扰的蛇来说,这是再理想不过的藏身之地了,它心满意足地钻了进去。

在这一段时间里,萨姆已经又打开了十几个笼子。暴怒的黑豹冲出笼子后,见到什么咬什么。它咬开了一个水龙头,水哗哗地冲进了一只装着肥皂粉的桶里,涌出来大量的泡沫,黑豹变成了白豹,甲板上也满是泡沫,滑溜溜的。黑豹在滑溜溜的甲板上,被船的晃动从这边扔到那边,又从那边摔回到这边。

3只长尾黑颚猴,一出笼子就高兴得发狂。它们跳上帆缆,又跳上帆杠,从这根杠蹦上另一根杠。这条船为了准备返回故乡的港口,刚刚油漆一新,漆尚未干,这3只猴子现在浑身沾满了白油漆。忽然它们心血来潮,要到下层舱中去走一遭。它们从煤舱的洞口钻了进去,等再钻出来时,身上已全是煤粉了,随后它们随心所欲地将黑色的煤粉涂在刚上过白油漆的栏杆、烟囱、舱壁上,轮船现在看上去白一道黑一道的,活像一匹斑马。

后来3个小家伙遇到了船上的货物经管员,他想抓住3个小

26 一船淘气鬼

家伙送回笼子,但白费了半天劲儿,手臂上还被咬了几下,一身白色的夏服也染成了黑色。

他只好认输,跑去敲哈尔兄弟的舱门。两位无忧无虑的先生,昨晚忙了一夜照看他们的那些宝贝,现在的午觉睡得正舒服。

经管员大叫:"醒醒。你们的那些野兽把船都要拆了,醒醒,浑蛋!"

哈尔听出这是货物经管员的声音,睡意蒙眬地答道:"我们睡觉的时候,你就不能照看一下吗?这些动物是货物,对不对?不就该你负责吗?"经管员几乎是声嘶力竭地喊道:"告诉你们,现在全船都是你们那些家伙啦!"

使哈尔清醒过来的不是经管员激动的嗓音,而是他一睁眼就看到从窗口伸进来的喷毒眼镜蛇的脑袋,它已经准备开火,而哈尔正处在它的射程之内。

哈尔立刻想到其他乘客。这条自由自在的蛇随时可能弄瞎甚至咬死乘客。最好现在就让它把毒喷掉,让它在攻击别人以前把毒液耗光。

但即使这样,他也用不着牺牲自己,那一面对着窗口的墙上悬着一面镜子,说时迟那时快,他跳下床躲到门边的一个角落里。现在蛇看不到他——但可以看到镜子里的他,哈尔抓起一把手电筒照着自己的脸,镜子里这个明亮的影像正合眼镜蛇的心意。它开火了,像颗子弹,越过镜子和窗口3米多的距离,直射镜子里那双挑衅的眼睛,镜面上流下了白色的毒液。

哈尔从角落里走出来,想把蛇抓住,但它已经溜掉了。不过现在它已经跟条草花蛇一样没毒了。

兄弟俩冲上甲板，遇到什么先捉什么，但一时间也捉不了那么多。船上是一片喧嚣混乱——有乘客的尖叫，有警铃声，有动物的吼声、咆哮、啸叫和嘶鸣。

大号手回到房间后，想吹响大号警告其他乘客，他鼓起胸膛，使劲一吹，不但没有响声，从喇叭口还伸出一个吐着舌头的蛇脑袋。音乐家扔下大号，冲出房门。

那只鸵鸟，正与货物经管员纠缠。它的叫声很奇怪，像狮子的咆哮，而且还像驴似的尥蹶子。这位货物经管员自然以为自己对付一只鸟是没有问题的，即使这是只两米高的鸟，他只要跳到它身上，把它压倒就行了。

但是他的如意算盘行不通。这只130千克重的鸟不但没被压倒，反而是这位70千克重的经管员不得不死死地抓住鸟毛，以免从鸟背上摔下来。当驮着他的鸵鸟飞跑着经过游泳池的时候，猛地一转头改变方向，倒霉的货物经管员抓着一把鸟毛，一头栽进了游泳池里。当他爬上来的时候，他看到鸵鸟正把头伸进一间舱房的窗口，从一个正在刮胡子的乘客手中抢下一把剃须刀，并立刻吞进了肚子，然后飞跑而去，嘴巴上还沾着一团团的剃须膏。

两只臭鼬则蹿进了旅客休息室，这里已经成了好些旅客的避难所。服务员想法抓住了两只臭鼬，一只手刚好捉住一条尾巴，两只臭鼬放出一股与身上所喷洒的香水大不相同的气味，把旅客们呛得又涌上了甲板。

当那条大蟒——白雪公主的笼子被打开时，它也出来了。但

26 一船淘气鬼

它很快就对这场动乱感到厌倦,而且很理智地退进一个旅客舱房。它看到一张床,便溜上去,心满意足地蜷伏在一位太太的身旁。这位太太喝得烂醉如泥,紧闭双眼,根本没发觉她的毯子已经被另一位更为出众的太太所分享。

好心的萨马利亚完成了它的善举之后,心想该自己乐一乐了。它从舰桥走过,跳进驾驶舱,舵手一看见它吓得大叫着跑去找船长去了。

萨姆握住了舵轮,它以前早就注意到了上面这个地方的事儿,它完全知道该怎么干。它先狠狠地拉响了一声汽笛,然后抓住作钟手柄,摇了个全速前进,紧跟着又来个全速倒车,几乎作钟上的每一点都摇到了。机房里的轮机手忙得汗流满面,心想,这艘"非洲之星号"上的舵手一定得了神经病。

在这场骚乱中唯一能保持清醒的是戈格。它和哈尔、罗杰一道,捉那些到处捣乱的家伙,把它们关进笼子。

当罗杰试图从那把大号里拉出树蛇的时候,蛇竟朝他的胸部咬来。但它还没咬着,一只大手就挡住了罗杰的胸部,而蛇的毒牙则深深地扎进了戈格的手臂。

罗杰立刻划开它的伤口,并用嘴吸出毒液,哈尔很快给它注射了解毒的血清。

哈尔说:"当你想到,猩猩很怕蛇这一点时,你就知道,这位满身长毛的朋友的行为是非常勇敢的。而且,一星期以前它还恨不得亲手杀掉你。事情就是这样。"

27

潜水历险记

回到家真是好,见到爸爸、妈妈,见到拥有世界各地的珍禽异兽、生机勃勃的亨特野生动物基地,真是好极了!

"这里面一些最好的动物就是你们刚带回来的那些,"约翰·亨特说,"我叫捉一只雄性大猩猩,没想到你们带回一只两米多高的大家伙;我叫捉一条蟒,只要是蟒就行,而你们捉到了一条百万里挑一的蓝眼睛、洁白的美人!还有两头蛇,这在科学研究上是十分难得的标本;还有那只漂亮的疣猴,那条头抬起一米多高的树蛇;不光捉到豹子,还是一头罕见的黑豹;还有那么多我想都没想到的动物。我为你们而骄傲,因为你们有一个正确的思想——超过别人对你的要求。"

"在我看来,你也一样,"哈尔说,"瞧门上那块招牌!"

他们离开家的时候,招牌上写的是:

约翰·亨特野生动物基地

现在招牌上写的是:

约翰·亨特父子野生动物基地

27 潜水历险记

"你不需要这样做!"哈尔说。

"应该这样,"父亲说完就撇开了这个话题。他放下原来在他膝盖上的灌丛婴猴和象鼩鼱,捧起了两只臭鼬,他很欣赏它们毛茸茸的大尾巴。"像极乐鸟的羽毛。"他说。不知道两只臭鼬是否明白这句赞美它们的话,但它们信任这个人,他与动物之间有"缘分"——他这种不可思议的本事已经传给了儿子。臭鼬是一种很漂亮的宠物,如果它不放屁的话。它们与这位动物行家相处,感到很自在,所以他也很安全。

"好了,孩子们,你们待在家里好好地休息一阵子吧!"

兄弟俩的脸拉了有一尺长。休息,这是男孩子们最不乐意的事儿了。

"我有另一项计划,"老亨特说,"得有人去办。"

"什么计划?"罗杰急得连气都透不过来了。

"别告诉他们,亨特!"亨特夫人说,"太危险了,我会一天到晚担心的。"

"告诉他们没什么坏处,他们已成了公司的成员,迟早他们总要知道的。"

哈尔已经不耐烦了,"快说吧,爸!你心里想的什么计划?"

"我想的是海洋地理学的事,我相信你们知道是什么计划了吧!"

"海下探险!"哈尔说。

"对。你们知道它有多重要,地球上陆地表面几乎都被人勘探过了,但海底只有不到5%的地方为人所知。我们对几十万千米以外的月球背面了解得比海洋还要多些——而这些海洋就在我们的大门口。而且，正如我们的宇航员斯科特·卡彭特所说，'对深海的研究所带来的收益将快得多、大得多'。"

"他应该知道，"哈尔说，"他是世界上唯一一个既上过天也下过海的人。"

"对。宇宙航行之后，他曾在一个海底之家住过30天。海底有丰富的宝藏——我们需要的宝藏。既然陆地已经不能生产出足够的肉、牛奶、鱼、蔬菜和其他各种食物，以及石油、天然气、金、银、铝、锰和其他上千种使这个星球上的人继续生活下去所必需的东西，那么就到海底去吧，那儿什么都有。今年将要再建一个海底探险者之家。"

"在哪儿？"哈尔问。

"在世界上最激动人心的大海之一，靠近澳大利亚的大堡礁。"

罗杰想起来了，他读过那些惊心动魄的故事，关于世界上最长的珊瑚礁——大堡礁一带危险的水域，成群结队的海下生物。

"我能参加吗？"他着急地问。

"你已经被邀请参加。"约翰·亨特说，"他们了解你们在太平洋水下的工作，他们需要的科学家中必须要有一名动物博物学家，他必须年轻力壮，而且还要有经验。他们认为哈尔是位合适的人选。"

哈尔得意扬扬，罗杰一脸懊丧。

"那我呢？"罗杰问道。

"他们还需要一名信差。"

"信差！你拿我开心，海底需要信差？"

27 潜水历险记

"一点儿不错。你会有自己的潜水小艇,你负责送东西——把标本送回水面上的船只,带下各种水下需要的物资。并且还要帮助你哥哥捕捉深水生物,不管大小,只要是水族馆和实验室需要的都要。"

"我自己的潜水小艇!"罗杰乐得咯咯咯直笑。

"不要以为这是好玩的事,"他父亲警告说,"工作很辛苦,而且很危险,那一带的鲨鱼是世界上最凶恶的。澳大利亚报道死于鲨鱼之口的事件,比世界上所有其他国家这类事儿的总和还要多!如果你们被水冲到了新几内亚,还得小心食人生番。认真地考虑一下吧!"